KB261795

大武神 대무신

임영기 新무협 판타지 소설

FANTASTIC ORIENTAL HEROES

대무신 7

임영기 新무협 판타지 소설

초판 1쇄 찍은 날 § 2009년 7월 17일
초판 1쇄 펴낸 날 § 2009년 7월 24일

지은이 § 임영기
펴낸이 § 서경석

편집장 § 문혜영
편집 § 주소영

펴낸곳 § 도서출판 청어람
등록번호 § 제1081-1-89호
등록일자 § 1999. 5. 31
어람번호 § 제2-1785호

주소 § 경기도 부천시 원미구 심곡2동 163-2 서경B/D 3F (우) 420-822
전화 § 032-656-4452 팩스 § 032-656-4453
http://www.chungeoram.com
E-mail § eoram99@chollian.net

ⓒ 임영기, 2008

ISBN 978-89-251-1874-1 04810
ISBN 978-89-251-1489-7 (세트)

大武神 대무신

백팔 살인공을 한몸에 지닌 그를
훗날 천하는 그렇게 불렀다.

FANTASTIC
ORIENTAL HEROES

7 반천루(反天樓)

임영기 新무협 판타지 소설

도서출판 청어람

第六十九章

귀촉(鬼髑)

대무신
大武神

　태무악 일행은 청원에 도착할 때까지 회명자나 그 외에 천중신군이라고 의심되는 자를 한 명도 마주치지 않았다.

　그 사실은 현무중장이나 천중신군들이 아직 태원성에 투입되지 않았음을 입증하는 것이다.

　회명부는 어제, 그리고 대승방은 오늘 새벽에 몰살했다. 그 소식은 비합전서를 통해서 천존과 태상사사자에게 전해지는 도중이거나 이미 알려졌을 것이다.

　그러나 태원성에 아무리 빨리 증원을 보낸다고 해도 최소한 열흘 이상 시일이 소요될 것이다.

그러므로 현재 태원성, 아니, 산서성 내의 천중신군은 회명자들과 귀촉루의 혈귀수뿐이라고 봐도 된다.

그런 것을 생각했는지 아닌지 조철악은 배짱 좋게 청원현 내 한복판의 주루에서 술을 마시면서 태무악을 기다리고 있었다.

무간구십구호는 조철악과 마주 앉아서 뒤늦게 배운 술을 질세라 입 안에 쏟아붓고 있는 중이다.

무간구십구호 옆에 앉은 유림은 너무 초췌한 모습이라서 느긋한 두 사람하고는 대조적이었다.

유림은 한나절 사이에 십 년은 늙어버린 듯한 모습이었다.

비류문이 멸문했다는 사실을 소문으로만 들은 유림은 비류문 근처에 가보지도 못했다.

가서 자신의 눈으로 확인해 보고 싶은 마음은 간절했으나 조철악이 허락하지 않았다.

가서 얼쩡거리다가는 비류문을 전멸시킨 자들에게 십중팔구 붙잡히고 말 것이라는 게 이유였다.

그 대신 조철악이 은밀하게 비류문에 다녀와서 그곳의 사정을 유림에게 설명해 주었다.

그의 설명에 의하면 비류문은 한 명도 살아남지 못했으며 문주 부부와 유림의 아내와 자식들까지 화를 면치 못했다는 것이다.

그때부터 유림은 충격에서 헤어나지 못한 채 멍한 상태에서 조철악이 하자는 대로 따라 했다.

주루에 도착한 태무악은 조철악 곁에 다가와서 앉지도 않은 채 말했다.

"너희는 이곳에서 기다려라."

'너희'라는 것이 자신들을 가리킨다는 사실을 단유랑과 유림, 유청, 강탁은 깨달았다.

"예아는 내 여동생이니 나는 반드시 석루산에 가서 그 아이의 생사를 내 눈으로 확인해야겠습니다."

단유랑이 물러설 수 없다는 듯 태무악을 똑바로 주시하며 단호하게 말했다.

유청이 간절한 표정으로 태무악을 바라보았다.

"저도 따라가고 싶어요."

그녀는 슬픔이 가득한 눈으로 태무악을 쳐다보며 쓸쓸히 중얼거렸다.

"우린 이제 갈 곳이 없어요. 죽으나 사나 당신을 따라다니는 것밖에는……."

현재의 그녀는 줄 끊어진 연 같은 신세다. 태무악이 그녀의 목숨을 구해준 것과 비류문이 멸문한 시기가 묘하게 맞아떨어지는 바람에 그녀는 태무악을 자신의 유일한 희망이며 돌파구라 생각하게 된 것 같았다.

무심하던 태무악의 표정이 굳어졌다.

그는 자신과 조철악, 무간구십구호가 비류문에 찾아갔었기 때문에 비류문이 회명자에게 몰살을 당했을 것이라 짐작하고 있었다.

태무악 등이 비류문에 갔었던 사실을 회명자들이 어떻게 알아냈는지는 알 수가 없다. 어쩌면 천리향(千里香)을 사용했을지도 모른다.

회명부 전체에 무색무취의 천리향이 뿌려져 있었으며 그것이 태무악과 조철악의 몸에 묻었다면 자연스럽게 길 안내를 해주었을 것이다.

천리향은 옷을 갈아입고 몸을 씻기 전에는 사라지지 않으며, 그 상태로 천 리를 간다고 해서 붙여진 이름이다.

태무악 일행은 비류문에서 술을 마신 이후 목욕을 하고 옷을 갈아입은 후에 대승방으로 향했었다.

그러므로 회명자들이 천리향을 추적했다면 비류문에서 태무악 일행의 흔적을 놓쳤을 것이다.

그래서 그들의 행방을 알아내기 위해서 비류문주 이하 전체 문도들을 몰살시켰을 것이다.

비류문이 회명자들의 급습을 받은 것은 태무악 일행이 비류문을 떠나고 나서 얼마 지나지 않았을 때였다.

태무악 일행이 대승방을 전멸시키려 한다는 사실을 알고 있는 사람은 비류문주와 유림, 유청뿐이다.

그러므로 태무악 일행이 대승방을 습격하고 있을 때 회명자들이 나타나지 않은 것은, 비류문주가 목숨을 잃으면서까지 끝내 태무악 일행의 행적을 발설하지 않았다는 뜻이다.

또한 대승방이 불타는 광경이 수십 리 밖에서도 목격될 정도였으며 많은 구경꾼들이 몰려왔는데도 회명자들이 즉시 나타나지 않은 것은, 그들이 비류문을 몰살시킨 이후 태원성을 멀찌감치 벗어났다는 뜻이 된다.

물론 그들은 태무악 일행이 태원성을 벗어났을 것이라고 추측하여 추적을 하고 있었을 것이다.

그런 조건들이 맞아떨어졌기에 태무악 일행은 대승방을 전멸시킬 수가 있었다.

예전의 태무악은 비류문이라는 문파가 존재하고 있는지도 몰랐었다. 단유랑이 가자고 해서 따라갔을 뿐이다.

그렇기 때문에 냉정하게 논하자면 비류문 멸문에 대해서 그에게는 책임이 없다고 할 수 있다.

그렇게 생각해서인지 유림과 유청도 태무악을 원망하지 않는 듯했다.

그렇다고 해서 태무악 등을 데리고 온 단유랑의 책임이라고 하지도 않았다.

그러나 태무악이 죄책감을 느끼지 않는다고 해서 단유랑마

저 그럴 수는 없었다.

그는 자신의 경솔함을 심장이 쪼개지도록 자책하고 있었다. 그의 착잡한 표정을 보면 알 수 있다.

태무악은 잠시 생각하다가 입을 열었다.

"함께 가되 무조건 내 명령에 따라야 한다."

갈 곳이 없는 이들에게 도의적인 책임 같은 것을 져야 한다고 생각한 것이다.

그 말에 가장 마음이 무거웠던 단유랑이 반색을 했고, 유청과 강탁은 안도의 표정을 지었다.

그러나 유청은 잠시 후에 다시 어두운 표정으로 바뀌었다.

그녀와 유림이 부모의 죽음과 가문의 멸문이라는 충격에서 자유로워지려면 더 오랜 세월이 필요할 것이다.

그때 고개를 푹 숙인 채 앉아 있던 유림이 그 자세로 무겁게 중얼거렸다.

"나는 가지 않겠소."

"오라버니!"

단유랑과 강탁은 크게 놀랐지만 유청만큼은 아니다.

슥―

"청아, 나와 함께 태원성으로 돌아가지 않겠느냐?"

유림은 여태까지와는 달리 암울함에서 벗어난 얼굴로 일어서며 유청에게 말했다.

“오라버니, 저는……..”

“그를 따라가든지 나와 함께 돌아가든지 마음대로 해라. 어떤 결정이든 뭐라고 하지는 않으마.”

유청은 착잡한 표정으로 태무악과 유림을 번갈아 쳐다보았다. 갈등하고 있는 것이 분명했다.

잠자코 있던 단유랑이 유림을 만류했다.

“유 형, 태원성에는 회명자들이 감시의 눈을 번뜩이고 있을 텐데 지금 돌아가는 것은 섶을 지고 불속으로 뛰어드는 것처럼 위험하오. 다시 한 번 생각해 보시오.”

“역지사지(易地思之). 만약 단 형의 합비 벽파도문이 멸문을 당하고 존장께서 돌아가셨을 때 누군가 지금처럼 만류한다면 단 형은 그 말에 따르겠나?”

그 말에 단유랑은 할 말을 잃었다. 입장을 바꿔놓고 생각한다면 그는 무슨 일이 있어도 가문을 떠나지 않을 것이다.

“석중보(石中堡)에 비류문의 뒤처리를 부탁해 놓았소. 그들이라면 자신의 일처럼 잘 처리해 줄 것이오.”

다만 유림의 안위가 걱정되어 부질없는 줄 알면서도 그렇게 부언하는 정도로 설득을 그만두었다.

태원성에는 천추부림에 가입한 두 개의 방, 문파가 있는데, 바로 비류문과 석중보다.

어두웠던 유림의 얼굴이 단단하게 굳어졌다. 결심이 변함이 없다는 뜻이다.

"더 이상 만류하면 모욕으로 여기겠네."

단유랑은 유림과의 우정에 금이 가는 것을 느꼈다. 그의 말처럼 더 이상 관여한다면 그나마 한 가닥 남아 있는 우정의 끈조차 끊어지고 말 것만 같았다.

원래 유림은 우유부단한 성격이었으나 비류문이 멸문한 충격으로 성격이 급변한 듯했다.

그는 드러내 놓고 태무악과 단유랑을 원망하지는 않지만, 비류문의 멸문이 그들 탓이라고 속으로 생각하는 것이 분명한 분위기였다.

유림은 태무악과 마주 서서 자신의 의견을 분명하게 밝혔다.

"나는 더 이상 귀하를 도울 수 없소. 이제는 도울 능력도 없을뿐더러 있다고 해도 돕고 싶지 않소. 귀하가 누군가의 복수 때문에 천존을 죽이려 하는 것이라면, 지금 내 심정을 누구보다 잘 알 것이오."

그 말을 끝으로 유림은 성큼성큼 걸어서 뒤도 돌아보지 않고 주루를 나가버렸다.

유청은 착잡한 표정으로 태무악을 바라보다가 서둘러 유림을 따라나갔다.

그녀는 태무악이 그녀의 향방에 대해서 무엇인가를 대신 결정 내려주기를 원한 듯했다.

그러나 소도 언덕을 보고 등을 비빈다고 했다. 태무악은 그녀가 등을 비빌 만한 언덕이 아니었다.

여태까지 비류문의 멸문에 대해서 무심하던 태무악은 방금 유림의 말을 듣고 깨닫는 바가 있었다.

복수라는 것은 가까운 사람이 죽거나 해침을 당했을 때 상대에게 그에 상응하는 대가를 치르게 하는 것이다.

태무악은 부모를 죽이고 자신을 납치하여 짐승처럼 사육했다는 이유로 천존에게 복수를 하고 있는 중이다.

그 와중에 비류문이 개입됐고, 그는 비류문하고 아무런 친분도 없으면서 이용하려고 했었다. 그러다가 비류문은 회명자들에게 멸문을 당했다.

이제 유림과 유청 남매에게 천존과 회명부는 철천지원수가 되었다.

그리고 태무악과 단유랑은 비류문 멸문에 대한 책임에서 자유롭지 못한 상황이 되었다.

그때 그는 또 한 가지 사실을 깨달았다.

'나 때문에 부모가 죽은 거야.'

천존의 목적은 태무악이었다. 그를 납치하여 무간자로 만들기 위해서 부모와 식솔들을 무참히 살해했던 것이다.

'부모를 죽인 것은 천존이지만 책임은 나한테 있었어.'

그 사실을 처음 깨달았다. 그리고 그는 비류문의 멸문에도 책임이 있는 것이다.

책임이라는 것. 그것이 얼마나 무겁고 중요한 것인지 그는 조금 깨달음을 얻었다.

청원에서 석루산으로 향하는 관도변의 숲 속.

조철악이 제압한 대승방의 가짜 방주를 숨겨놓은 곳에 태무악 일행이 모여 있었다.

태무악은 우선 조철악이 건네준 서찰을 읽고 있었다. 전령이 대승방주에게 전해주려던 그 서찰이다.

서찰의 내용을 보면, 누가 회명부를 습격했는지 그들은 정확하게 알고 있었다. 아마도 죽은 회명자들의 상처를 자세하게 살폈을 것이다.

또한 태무악과 조철악, 무간구십구호를 잡기 위해서 대승방에게 소천색령을 발동할 것을 요청했다.

그러나 서찰이 가짜 대승방주에게 전해지지 않았으므로 소천색령을 발동할 수 없었을 것이다.

서찰이 전해졌다고 해도 대승방이 전멸했기 때문에 소천색령 발동은 불가능한 일이었다.

회명부가 다른 조치를 취한 것 같지는 않았다. 또한 태원성 부근에는 대승방과 회명부, 귀촉루 외에는 천중신군이 없는 듯했다.

그랬다면 태무악과 조철악 등이 이곳까지 그토록 쉽게 오지는 못했을 것이다.

서찰을 회명부 최고 우두머리인 회명총부주가 보냈다는 것은 회명부가 습격당한 현장을 그가 직접 눈으로 확인했다는 뜻이고, 또 회명부의 인원 육십여 명을 진두지휘하고 있다는 뜻이기도 하다.

서찰을 다 읽은 태무악은 그것을 단유랑에게 건네주면서 바닥에 책상다리로 앉아 있는 가짜 대승방주를 굽어보았다.

그자는 사십대 초반의 나이로 대승방주의 평소 복장 중 하나인 금의단삼을 입고 있었다.

"이놈은 자면서도 옷을 입고 있더군."

나무에 기대어 서 있는 조철악이 가짜 대승방주를 턱으로 가리키며 말했다.

무림인이라고 해도 일상적인 생활에서는 관습의 범주를 크게 벗어나지 않는다.

무림인도 인간이기 때문에 싸울 때를 제외한 일상생활은 보통 사람이나 다르지 않다.

다시 말해서 무림인이라고 해도 잘 때는 잠옷을 입거나 속옷만 입는다는 것이다.

가짜 대승방주가 겉옷을 다 입은 상태로 잠을 잤다는 것은

그가 평소에도 자신에게 매우 단호하고 엄격한 인물이었을 것
이라는 사실을 짐작하게 해준다. 그리고 그런 인물은 그다지
흔하지 않다.

태무악은 가짜 대승방주를 보는 순간 그가 누군지 단번에
알아차렸다.

아니, 그가 누군지 정확하게는 모르지만 어떤 신분인지는
짐작할 수 있었다.

보통 사람보다 머리 하나는 더 큰 키에 무공 연마로 이루어
진 당당한 체구. 제압되어 있는 상황에서도 굴하지 않고 눈을
똑바로 뜬 채 정면을 주시하고 있는 굴강한 정신력. 보통 무림
인하고는 달라도 많이 다른 모습이다.

태무악은 그런 특이한 느낌의 인간과 여러 차례 마주쳤었
다. 바로 태상사사자의 호위인 것이다.

그는 자신의 직감을 믿었다. 그렇다면 이 가짜 대승방주는
현무십위 중 한 명일 것이다.

"형님, 이자는 현무사자의 호위입니다."

"현무십위 중 한 명이라는 말이냐?"

태무악의 말에 조철악은 뜻밖이라는 표정을 지었다.

"그렇습니다."

그 말에 가짜 대승방주의 눈빛이 찰나지간 미미하게 흔들리
는 것을 발견한 태무악은 자신의 짐작이 맞았음을 알았다.

심문하느라 시간을 허비하기 싫은 태무악은 즉시 손바닥을 활짝 펼쳐서 가짜 대승방주의 머리를 덮어 제독치령법의 치령술을 전개했다.

스우우…….

진기가 머릿속으로 주입되자 가짜 대승방주는 움찔 놀라 눈을 부릅뜨면서 저항을 하려는 것인지 태무악을 잔뜩 노려보았으나 곧 눈빛이 풀리면서 눈을 내리깔았다. 정신이 제압된 것이다.

태무악은 손을 떼면서 첫 질문을 했다.

"너는 현무십위의 몇째냐?"

"삼위입니다."

가짜 대승방주는 건조한 목소리지만 공손하게 대답했다. 과연 태무악의 짐작이 맞았다. 그는 현무십위 중 삼위였다.

태무악이 치령술을 전개하는 광경을 처음 보는 단유랑과 강탁은 크게 놀라는 얼굴로 현무삼위의 얼굴에서 눈길을 떼지 못했다.

"산서에 대승방과 회명부, 귀촉루 외에 천중신군에 속한 조직이 더 있느냐?"

"없습니다."

태무악의 심문이 계속 이어졌다.

"귀촉루는 어느 정도의 세력이냐?"

“약 삼백이십 명의 혈귀수를 보유하고 있습니다.”

혈귀수의 수가 예상했던 것보다 많다는 사실에 태무악과 조철악은 동시에 눈살을 찌푸렸다.

“혈귀수와 회명자를 비교하면 누가 강하냐?”

“비교하기 어렵습니다.”

“무엇 때문이냐?”

“혈귀수는 독술(毒術)과 사술(邪術)에 능하기 때문입니다.”

태무악은 그 말이 무슨 뜻인지 즉시 이해했다. 만약 그가 비슷한 수준의 적과 싸운다면 무조건 이길 것이다. 그는 무공 이외의 수많은 수법들을 지니고 있기 때문이다.

혈귀수의 무공은 분명 회명자보다 약할 것이다. 그런데도 비교하기 어렵다는 것은 그만큼 탁월한 독술과 사술을 지니고 있다는 뜻이었다.

회명자들은 과거 무간자 출신이기 때문에 독술과 사술 등 많은 잡기를 익혔다. 그런데도 혈귀수에 비하면 조족지혈 수준이다.

“너는 귀촉루에 대해서 얼마나 알고 있느냐?”

태무악의 물음에 현무삼위는 지체없이 대답했다.

“귀촉루의 위치와 귀촉루주의 행방을 압니다.”

“귀촉루주는 지금 귀촉루에 없느냐?”

“현무사자의 명령을 수행하러 혈귀수 백오십 명을 데리고 무림에 나가 있습니다.”

그렇다면 현재 귀촉루에는 혈귀수가 절반가량인 백칠십 명 정도가 있다는 뜻이다.

그리고 귀촉루가 천존의 사형집행인 역할을 하고 있다는 소문이 사실로 드러난 것이다.

“무슨 명령이냐?”

“하남성의 창검방(蒼劍幇)과 산동성의 은한장(銀漢莊), 안휘성의 벽파도문을 멸문시키라는 명령입니다.”

“뭣?”

순간 단유랑이 크게 놀라 안색이 급변했다. 안휘성 벽파도문이라면 바로 그의 가문이 아닌가.

“귀촉루가 안휘성 벽파도문을 멸문시킨다는 것이 사실이냐?”

그가 바짝 다가들며 급히 물었으나 현무삼위는 입을 꾹 다문 채 대답하지 않았다. 치령술의 시술자인 태무악의 명령에만 절대복종하기 때문이다.

그런 사실을 짐작한 단유랑은 초조한 얼굴로 태무악을 쳐다보았다.

“태 형…….”

단유랑의 가문이 벽파도문이라는 것을 알고 있는 태무악 역시 마음이 급해져서 즉시 물었다.

“방금 한 말이 사실이냐?”

“그렇습니다.”

“귀촉루주는 언제 귀촉루를 출발했느냐?”

“보름 전입니다.”

“보름 전에……”

듣고 있던 단유랑은 얼굴이 해쓱하게 변하면서 입속으로 중얼거렸다.

“멸문시키는 순서가 어떻게 되느냐?”

귀촉루는 세 개의 방, 문파를 멸문시키러 갔으니 보름 전에 출발했다고 해도 멸문시키는 순서에 따라서 이미 멸문을 했거나 아직 무사할 수도 있다.

단유랑은 너무 큰 충격을 받아서 미처 생각하지 못한 그것을 태무악이 물었다.

“창검방, 은한장, 벽파도문입니다.”

“한 방파를 멸문시키는 데 얼마나 걸리느냐?”

“보통 열흘입니다.”

그 말에 단유랑의 얼굴에 약간 안도의 기색이 스쳤다.

한 방파를 멸문시키는 데 열흘씩 걸리는데, 귀촉루주가 혈귀수들을 이끌고 떠난 것이 보름 전이니까 벽파도문은 아직 무사하다는 계산이다.

단유랑이 착잡한 표정으로 말했다.

“창검방, 은한장, 벽파도문은 모두 천추부림에 가입한 방, 문파들입니다.”

그 말은 천존이 천추부림에 가입한 방, 문파들을 알아냈다는 것이고, 그들을 본격적으로 응징하기 시작했다는 뜻이다. 또한 그 도구로 귀촉루를 이용한다는 정보가 정확하다는 의미이기도 하다.

“지금 집으로 돌아가겠습니다.”

초조한 표정의 단유랑은 태무악과 조철악에게 포권을 해 보이고 나서 서둘러 관도 쪽으로 향했다.

“나도 같이 가겠네.”

강탁은 태무악에게 포권을 하는 둥 마는 둥 부랴부랴 단유랑의 뒤를 따랐다.

태무악이 잠시 생각에 잠겨 있는데 얼굴이 붉게 상기된 단유랑이 다시 돌아와 초조한 얼굴로 말했다.

“태 형, 예아를 꼭 구해주십시오. 부탁합니다.”

태무악은 무심한 얼굴로 묵묵히 단유랑을 응시했다.

단유랑은 태무악에게서 어떤 대답을 들을 것이라고, 그리고 그가 단예를 구해줄 것이라고도 기대하지 않았다.

최소한 단유랑이 알고 있는 태무악은 자신의 일밖에 모르는 냉혈한이었다.

태무악에게서 대답을 듣지 못한 단유랑은 착잡한 표정으로 포권을 하고는 급히 관도로 달려갔다.

단예를 구해달라는 부탁이라도 하지 않으면 단유랑은 미쳐버릴 것만 같은 심정이었다.

무림의 평화와 정의를 바로 세운다는 청운의 꿈을 안고 누이동생과 함께 벽파도문을 떠났었는데, 이제 가문이 풍전등화의 위기에 처했다는 소문을 객지에서 듣게 되었으며, 함께 집을 떠났던 누이동생을 이곳에 놔둔 채 돌아가야 하는 심정은 비통하기 그지없는 것이었다.

귀촉루는 태무악과 조철악이 상상하지 못했던 장소에 자리를 잡고 있었다.

석루산에는 세 가지가 많은데, 하늘을 찌를 듯한 봉우리와 바위, 그리고 계류다.

봉우리들은 모두 돌로 이루어진 암봉(巖峰)이었으며, 그 봉우리 사이를 수많은 계류들이 흐르고 있었다.

귀촉루는 석루산의 가장 깊숙한 곳의 거대한 암봉에 위치해 있었다.

그러나 귀촉루가 있는 곳은 암봉 꼭대기도, 중턱도, 그렇다고 아래도 아니었다.

바로 암봉 속에 있었다. 하늘을 찌를 듯이 솟아 있는 거대하기 짝이 없는 암봉의 지상에서 삼십여 장 높이에 세 개의 커다란 바위가 서로 엇갈려서 비석처럼 육중하게 서 있는데, 그 뒤쪽에 하나의 거대한 석문이 있고 그 안쪽 암봉 속에 귀축루가 웅크리고 있는 것이다.

귀축루까지 안내한 현무삼위의 말에 의하면 귀축루로 들어가는 입구는 그곳 한 군데뿐이라는 것이었다.

물론 입구는 출구도 겸하고 있으며, 귀축루에는 그곳이 유일한 출입구였다.

"너는 귀축루에 들어가 봤느냐?"

마지막 세 번째 바위 뒤에 숨어서 태무악이 한쪽 눈만 살짝 내놓고 귀축루의 입구를 주시하며 전음으로 물었다.

"들어간 적이 없습니다."

이곳까지 길 안내를 한 현무삼위는 태무악 뒤에 우뚝 서서 건조한 어조로 대답했다.

"입구를 열 수 있는 방법이 있느냐?"

"없습니다. 제가 알기로는 안에서 열어주기 전에는 밖에서는 열지 못합니다."

일체의 감정이 섞이지 않은 현무삼위의 목소리가 더 메마르게 흘러나왔다.

태무악이 귀축루주로 변신을 하는 방법이 있기는 한데 귀축루주를 한 번도 본 적이 없으니 그것도 여의치 않았다.

그렇다고 이곳에서 입구가 열릴 때까지 하염없이 기다리는 것은 너무 안이한 최하책이다.

태무악은 입구에서 시선을 거두고 자세를 똑바로 하며 골똘히 생각에 잠겼다.

잠시 동안 이것저것 생각해 보았으나 어느 것도 신통하지가 않았다.

"무악아, 그냥 석문을 박살내고 쳐들어가자."

보다 못한 조철악이 전음으로 그다운 방법을 제시했다. 지금으로선 그 방법밖에 없을 듯했다.

그러나 태무악은 대답은커녕 조철악을 쳐다보지도 않았다.

형이 뭔가 의견을 제시하면 아우가 뭐라고 대거리를 하는 것이 예의인데 태무악은 그런 것을 아직 모르고 있었다.

조철악은 태무악이 무간자 출신이라서 그런 것이라고 이해는 하면서도 조금 씁쓸한 기분까지는 어쩌지 못했다.

"누가 온다."

그때 조철악이 이곳에서는 보이지 않는 암봉 아래쪽으로 시선을 주며 전음을 보냈다.

누가 오고 있는 것은 뜻밖의 일인데도 그의 목소리는 느긋하기 짝이 없었다.

태무악은 공력을 끌어올려 청력을 돋우었으나 아무것도 감지되지 않았다.

그러다가 열 호흡쯤 지난 후에야 서남쪽 방향에서 다섯 명이 달려오는 기척을 감지했다.

그로부터 다시 열 호흡이 더 지났을 때 태무악은 다가오고 있는 자들이 여섯 명이라는 사실을 호흡으로 감지했다.

모두 여섯 명인데 달리는 기척을 내는 것은 다섯 명이다. 그것은 한 명이 달리지 않고 있으며 업혔거나 떠메어져서 옮겨지고 있다는 뜻이었다.

태무악 등이 약간 이동하여 바위 끝 쪽으로 숨고 반 각 정도 지났을 때 귀촉루 입구에 여섯 명이 모습을 나타냈다.

그렇지만 태무악과 그들 사이에는 두 개의 바위가 가로막혀 있었기 때문에 아직 보이지 않았다.

입구 앞에 놓인 세 개의 바위는 서로 엇갈려 있으며 태무악 일행은 세 번째 바위 오른쪽 끄트머리 뒤에 숨어 있다.

그렇기 때문에 나타난 여섯 명이 입구에 도달하려면 첫 번째 바위의 오른쪽을 돌고 두 번째는 왼쪽, 그리고 세 번째는 다시 오른쪽으로 돌아야 비로소 귀촉루 입구인 석문 앞에 도착한다.

그런데 태무악 일행은 세 번째 바위 오른쪽 끄트머리에 숨어 있었다. 그대로 있다가는 지금 오고 있는 자들에게 들키고 말 것이다.

그러나 중요한 것은 태무악 등이 아직 그 사실을 모르고 있다는 것이다.

"혈귀수들인 것 같다. 저놈들이 들어갈 때 묻어서 따라 들어
가자."

조철악은 귀측루로 들어갈 수 있는 방법이 생겨 기분이 좋
아져서 전음을 보냈다.

태무악이 생각해도 지금으로선 조철악이 말한 방법이 최상
일 것 같았다.

그때 문득 그는 혈귀수들이 독술과 사술에 능하다는 사실이
생각났다.

조철악이 절정고수인 것은 알지만 독술에 대해서는 어떨지
모르기 때문에 조금 걱정이 됐다.

"형님, 놈들은 독술에 능하다고 하니 조심하십시오."

태무악이 그렇게 말한 것은 순전히 마음에서 우러난 염려
때문이다.

일상에서 습득하는 예절이나 관습 같은 것들과는 다른 것이
다. 예절이나 관습은 배우는 것이지만, 염려는 마음에서 우러
나야 한다는 점이 다르다.

조철악은 태무악의 말에 흡족한 기분이 됐다.

"클클. 내가 만독불침은 아니지만 그깟 후레자식들의 변변
치 못한 독에 당하지는 않는다."

태무악과 조철악은 전음으로 말을 주고받다가 어느 순간 흠
칫 안색이 변했다.

두 번째 바위를 돈 자들이 곧장 태무악 일행이 숨어 있는 세 번째 바위 오른쪽 끝을 향해서 빠르게 다가오는 기척을 감지한 것이다.

그들을 피한답시고 바위 뒤, 즉 귀측루 입구인 석문 쪽으로 돌아가는 것은 위험천만한 일이다.

혹시 석문에 구멍이 있어서 안쪽에서 밖을 내다본다면 영락없이 발각되고 말 터이다.

아니, 밖을 살필 수 있는 구멍 같은 것이 있는 게 분명할 것이다. 그런 것이 없다면 석문 안쪽에서는 장님이나 다를 바 없을 테니까 말이다.

그러고 있는 사이에 다가오고 있는 자들은 어느새 지척까지 이르렀다.

태무악은 조철악에게 어떻게 하자고 말할 틈도 없이 현무삼위의 어깨를 잡고 위로 솟구쳤다.

현무삼위 옆에 서 있던 무간구십구호는 태무악이 말은커녕 어떤 신호조차 보내지 않았음에도 그와 거의 동시에 위로 솟구쳤다. 무간자는 달리 무간자가 아닌 것이다.

어떻게 할 것인지 궁리하던 조철악은 결국 공력을 끌어올려 두 손에 모은 채 잔뜩 벼르고 있었다. 다섯 명이 나타나면 죽여 버릴 의도인 것이다.

바로 그때 태무악이 솟구치는 것을 보자마자 그도 즉시 위로 솟아올랐으나 태무악보다 반 호흡 정도 늦고 말았다.

그 순간 다섯 명의 혈의인이 세 번째 바위 오른쪽을 막 돌고 있었으며, 조철악은 그들의 머리 위 한 자 높이에서 솟구치는 중이었다.

만약 그들이 뭔가 이상하다고 느껴서 위로 고개만 살짝 들어 올린다면 조철악은 물론이고 그 위에서 솟구치고 있는 태무악과 무간구십구호, 현무삼위까지도 발견되고 말 아슬아슬한 상황이었다.

그렇다고 지상에서 이 장 반 높이의 바위 꼭대기에 내려서는 것은 석문에 구멍이 있을 경우 안쪽에서 훤히 보이기 때문에 위험하다.

석문 안쪽에서 바깥을 전혀 볼 수 없다는 것은 말도 되지 않는다. 무슨 장치가 됐든 안에서 밖을 볼 수 있게 해놓았을 것이다.

그때 태무악은 솟구침이 정지하는 순간 재빨리 아래를 내려다보았다.

다섯 명의 혈의인이 일렬로 바위 끝을 돌아 석문 쪽으로 가고 있는 것이 보였다.

선두는 바위를 돌았으나 후미는 아직도 태무악 일행의 발밑에 있었다.

그때 태무악의 시선이 맨 뒤에 가고 있는 혈귀수에게, 아니,

그가 어깨에 메고 있는 한 명의 여자에게 고정됐다.

'단예!'

머리카락을 산발한 채 혼절하여 축 늘어져 있는 여자는 틀림없이 단예였다.

도주하다가 강탁과 헤어졌던 그녀가 혈귀수들에게 붙잡혀 혼절한 채 어깨에 메어져 귀촉루로 끌려오고 있었다.

태무악의 시선이 이번에는 선두에서 두 번째 혈귀수에게 재빨리 옮겨졌다.

그자는 뒤통수에 상처를 입은 한 명의 죽은 혈귀수를 어깨에 떠메고 있었다.

태무악은 죽은 혈귀수가 추혈표에 의해서 죽었다는 사실을 보는 순간 간파했다.

상흔으로 미루어 추혈표가 미간을 뚫고 들어가서 뒤통수로 빠져나온 것이 분명했다.

북경성을 출발하여 이곳 산서성으로 올 때 단예는 태무악의 추혈표 던지는 솜씨에 반해서 그 수법을 가르쳐 달라고 한사코 졸라댔었다.

그래서 태무악이 가르쳐 주자 그때부터 그녀는 쉬지 않고 수련을 했었다. 수없이 손가락이 베어져서 너덜거려도 멈추지 않았다.

그런 그녀가 추혈표로 혈귀수 한 명을 죽인 것이다.

그것을 보면서 태무악은 묘한 기분이 들었다. 뿌듯한 느낌인데 그로서는 이제껏 한 번도 느껴본 적이 없는 기분이었다.

태무악이 조금 전에 여섯 명의 호흡을 감지한 것은 단예의 호흡까지 포함된 것이었다.

추혈표에 죽은 혈귀수는 호흡이 없으므로 감지되지 않는 것이 당연하다.

일단 단예가 살아 있다는 사실을 알았으니 마음이 놓였다. 이제는 귀촉루에 잠입한 후 기회를 봐가면서 구하면 될 일이다.

사실 단유랑이 부탁을 하지 않았어도 태무악은 단예를 구할 생각이었다. 단지 순서를 귀촉루를 먼저 괴멸시키는 것으로 잡았을 뿐이다.

귀촉루가 사라져야 단예도 안전할 것이고 그녀를 찾는 일이 쉬울 것이라는 생각을 한 것이다.

"형님, 지금입니다."

태무악은 조철악에게 전음을 보내면서 몸을 틀어 혈귀수들 후미를 향해 급전직하 내리꽂혔다.

무간구십구호는 완벽한 태무악의 그림자처럼 행동하고 있기 때문에 굳이 어떻게 하라고 알려줄 필요가 없다.

태무악은 맨 마지막 혈귀수 뒤에 내려서면서 현무삼위를 자신의 뒤로 이끌며 전음을 보냈다.

“너는 내 뒤를 바짝 따라라.”

태무악 뒤에 현무삼위가, 그리고 그 뒤에 무간구십구호와 조철악이 차례로 내려섰으나 추호의 기척도 나지 않았다.

혈귀수 다섯 명은 일렬로 석문으로 향하고 있고, 그 뒤에 태무악 등이 따르고 있어서 정면에서는 태무악 등의 모습이 제대로 보이지 않을 것이다.

그러나 다른 각도라면 보일 것이다. 그러나 그것은 어쩔 수 없는 일이다.

그런 것 때문에 주저한다면 이 천재일우의 기회를 놓칠 수밖에 없는 것이다.

第七十章
살귀(殺鬼)

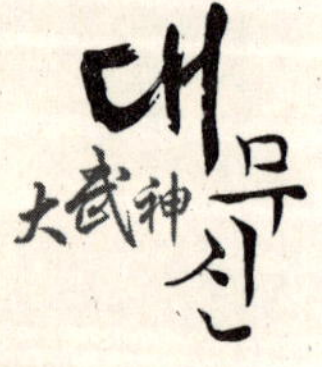

귀촉루의 유일한 출입구인 석문이 점점 가까지고 있다.

저 안에 대해서 알고 있는 것은 혈귀수 백칠십여 명이 있을 것이라는 추측 하나뿐이다.

그 외에는 철저하게 아무것도 모른다. 그러므로 계획을 세울 수도 없다.

그렇지만 무슨 방법으로 석문 안으로 들어갈 것인지 고민을 하던 조금 전 상황에 비해서는 지금이 훨씬 나은 편이었다.

지금으로선 석문 안으로 진입해 보고 나서 그때 상황에 맞게 행동하는 수밖에 없다.

그러나 태무악 등은 조금도 긴장하거나 겁을 먹지 않았다. 이들의 정신 구조에는 원래 긴장이나 겁 같은 것이 존재하지 않는다.

우르릉.

혈귀수들이 일 장 가까이 다가가자 석문이 육중하게 옆으로 열렸다.

누구냐고 서로 문답을 하지도 않고 석문을 열어주는 것으로 미루어 안에서 밖을 내다보다가 혈귀수들을 확인한 것이 분명했다.

혈귀수들이 석문을 향해 걸어갔다. 여태까지는 경공을 전개했으나 여기서부터는 걸었다.

선두의 혈귀수가 입구 가까이에 이르렀을 때 석문은 반쯤 열린 상태였다.

그때 입구 안쪽에서 날카로운 외침이 터졌다.

"어서 석문을 닫아라!"

태무악 등은 자신들이 발각됐다는 걸 직감했다. 발각됐다고 해도 이상할 것이 없다. 오히려 늦은 감이 있다.

그 순간 입구로 다가가던 다섯 명의 혈귀수가 일제히 무기를 뽑으면서 재빨리 몸을 돌렸다.

그들의 그런 동작은 매우 민첩해서 평소에 수련이 잘되어 있음을 알 수 있었다.

그래 봐야 그들의 바로 등 뒤에서 공격할 만반의 준비를 갖추고 있던 태무악 일행을 당해낼 순 없는 일이다.

다섯 명의 혈귀수가 미처 공격 태세를 갖추기도 전에 태무악과 조철악, 무간구십구호, 현무삼위가 일제히 덮쳐 가면서 공격을 퍼부었다.

퍼퍼퍽퍽!

조철악이 쌍장으로 두 명, 그리고 태무악과 무간구십구호, 현무삼위가 거의 동시에 각각 한 명씩의 혈귀수 급소에 일격을 가했다.

다섯 혈귀수 중에 세 명은 비명조차 지르지 못했고, 나머지 둘도 답답한 신음성만 약하게 냈을 뿐이다. 어쨌든 즉사했다는 점에서는 다섯 명이 똑같았다.

이 상황에서도 태무악 등은 놀라운 감각과 단결력을 유감없이 보여주었다.

다섯 명의 혈귀수를 공격하자고 누가 말하지도 않았는데 일제히 공격했으며, 게다가 혈귀수들을 중복해서 공격하지 않은 것이다.

마치 누가 누구를 죽이겠다고 미리 맞춰놓은 것처럼 한 치의 오차도 없었다.

다섯 명의 혈귀수는 워낙 졸지에 급습을 당해서 그들이 자랑하는 독술이나 사술을 전개할 여유가 없었다.

태무악은 맨 뒤에서 단예를 어깨에 메고 있던 혈귀수의 뒤통수에 마종신권 일권을 가격하여 죽였다.

그자가 튕겨 날아가면서 단예의 축 늘어진 몸이 허공으로 둥실 떠오르자 태무악은 매가 먹이를 낚아채듯 비스듬히 솟구쳐서 그녀를 안고는 곧장 입구로 쏘아갔다.

그보다 한발 앞서 조철악과 무간구십구호, 현무삼위가 입구를 향해 바람처럼 쏘아갔다.

석문이 닫히고 있었으나 세 사람보다 빠르지 못했다.

무간구십구호와 현무삼위가 입구를 막 통과하고 있을 때, 조철악은 이미 안으로 들어가 석문을 조작하는 혈귀수 두 명을 때려죽이고 있었다.

태무악은 석문 안으로 들어서며 재빨리 주위를 둘러보았다. 그곳은 폭 삼 장가량의 아담하고 평평한 공간이었다. 출입하는 자들이 거쳐서 가는 장소인 듯했다.

그곳에서 정면과 좌우에 세 개의 통로가 뻗어 있었고, 석문 안쪽 한쪽 구석에 하나의 작은 석실이 있었다.

태무악이 석실에 다가가서 들여다보니 폭 일 장 정도의 작은 공간인데 입구는 뚫려 있으며 안쪽 구석에 하나의 거무튀튀한 나무 침상과 탁자가 놓여 있는 것이 보였다. 석문을 지키는 자들이 기거하는 장소 같았다.

태무악은 침상에 단예를 눕히고 즉시 일행이 있는 곳으로 돌아왔다.

단예를 살펴볼 여유가 없다. 지금은 귀축루를 괴멸시키는 것이 우선이었다.

그 와중에 단예의 신변에 무슨 일이 생기지 않기를 바라지만 만약 생긴다고 해도 어쩔 수 없는 일이다.

조철악이 한쪽에 있는 커다란 틀을 작동하여 석문을 완전히 닫아버렸다.

조철악과 무간구십구호는 태무악을 쳐다보았다. 어떻게 할 것인지 계획을 알려달라는 뜻이다.

조철악은 자신도 생각을 하고 계획을 짤 수 있는데도 불구하고 모든 일을 태무악에게 맡겼다.

이것이 태무악의 일이고 또 그를 전적으로 신임하고 있기 때문이다.

태무악은 세 개의 통로를 보면서 잠시 생각하는 듯하다가 곧 입을 열었다.

"함께 행동하는 것과 각자 통로 하나씩을 맡는 것 중에 어느 것이 낫겠습니까?"

"각자 행동하자."

"좋을 대로 해."

조철악과 무간구십구호가 생각할 것도 없다는 듯이 즉시 대답했다.

"각자 통로 하나씩 맡읍시다."

"좋다. 조심해라, 무악아."

그렇게 말하면서 태무악을 쳐다보는 조철악의 얼굴에 옅은 염려가 스쳤다.

조철악은 태무악의 대답도 듣지 않고 가운데 통로로 질풍처럼 쏘아갔다.

태무악은 즉시 무간구십구호를 가리키면서 현무삼위에게 명령했다.

"너는 지금부터 이 사람의 명령에 따라라."

무간구십구호가 태무악보다 하수이기 때문에 둘을 붙여준 것이다.

심지가 제압된 현무삼위는 이제부터 무간구십구호에게 절대복종해야 한다.

태무악이 오른쪽 통로로 쏘아가는 것과 동시에 무간구십구호와 현무삼위는 왼쪽 통로로 내달렸다.

태무악은 달리는 도중에 이백 장의 범위로 초라기경술을 전개했다.

다음 순간 이백 장 이내의 모든 기척들이 마른 모래에 물이 스며드는 소리처럼 바스락거리며 들려오기 시작했다.

퍼퍽!

"으악!"

"크악!"

그때 먼 곳에서 둔탁한 음향과 두 마디 처절한 비명성이 들려왔다.

눈으로 보지 않아도 태무악은 그것이 조철악이 손을 쓰기 시작한 것이라고 추측했다.

조철악은 무엇이든 태무악보다 앞서고 천존을 죽이겠다는 각오가 오히려 태무악을 능가한다. 그런 형님이 있기에 태무악은 마음이 든든했다.

태무악이 질주하고 있는 통로는 양쪽에 아무것도 없이 백여 장이나 계속 이어졌다.

하지만 그는 백오십여 장 전방에 수십 명이 있는 기척을 이미 감지했다. 그 수십 명은 필경 혈귀수들일 것이다.

방금 전까지만 해도 그들의 호흡이 평온했으나 지금은 급격하게 빨라졌으며 바쁘게 움직이는 소리도 감지됐다.

조철악이 혈귀수들을 죽인 비명 소리를 듣고 그것에 대처하기 위해서 움직이고 있는 것이 분명했다.

그때 태무악의 전방에 하나의 광장이 나타났으며 그가 달려가고 있는 통로를 제외한 사방의 통로에서 혈귀수들이 와르르 쏟아져 나오고 있었다.

그러고는 태무악이 광장에 도착하기도 전에 그를 발견한 혈귀수들이 무기를 뽑으면서 마주 달려왔다.

시뻘건 혈의경장에 검은 가죽 허리띠와 역시 검은 가죽 신발을 신고 치렁치렁하게 자란 머리를 뒤에서 묶은 모습이 마치 야차를 연상시켰다.

그들의 무기는 오랑캐들이 사용하는 만도(彎刀)처럼 크게 휘어진 도였다.

또한 양쪽 허리에는 각각 하나씩의 검고 붉은 가죽 주머니를 차고 있었다.

태무악은 그 주머니에 독이나 사술, 싸움에 필요한 도구들이 담겨 있을 것이라고 판단했다.

무간옥의 적귀들도 허리에 검은 가죽 주머니를 차고 다녔으며, 거기에는 무간자들을 괴롭히고 제압하는 몇 가지 도구들이 들어 있었다.

혈귀수들이 독을 사용하더라도 태무악은 원래 독에 끄떡없으니까 상관이 없다.

또한 사술이라면 태무악도 통달을 했기 때문에 그 역시 개의치 않는다.

다만 태무악이 접해보지 못한 여러 가지 알지 못하는 도구들을 사용한다면 귀찮아질지도 모른다. 그러므로 그전에 놈들을 죽이는 것이 상책이다.

혈귀수들은 아직 태무악의 실력을 모르기 때문에 경계심을 품지 않은 상태에서 공격해 오고 있다.

폭 일 장가량의 통로를 가득 메우고 여섯 명의 혈귀수가 시퍼런 기형도를 움켜쥔 채 쏘아오는 것을 보며 태무악은 곧장 마주쳐 갔다.

그는 칠성의 공력을 끌어올리면서 흑자검을 뽑으며 그대로 전면을 향해 우에서 좌로 그어댔다.

투투아악!

흑자검에서 먹빛 검기 여섯 줄기가 폭발하듯이 화살처럼 뿜어져 나갔다.

척탄류다. 이 검법의 빠르기는 광속참의 칠 할 수준이고 태무악은 한꺼번에 여섯 줄기까지 발출할 수 있다.

그가 익힌 검법 중에서 최고는 아니지만 혈귀수들을 죽이는 것으로는 충분하다고 생각했다.

또한 이번 공격은 혈귀수의 무공 수준을 시험해 보려는 의도도 포함되었다.

얼마 전에 회명부를 급습했을 때 그는 네 명의 회명자에게 전린부를 전개했다가 실패한 경험을 갖고 있었기 때문에 이번에는 척탄류를 전개한 것이다.

전린부와 척탄류는 비슷한 위력이며 빠르기는 전린부가 낫지만 정확도는 척탄류가 월등하다.

사나운 기세로 짓쳐오던 여섯 명의 혈귀수가 자신들을 향해 쇄도하는 척탄류의 여섯 줄기 시커먼 빛줄기를 발견하고 일순 멈칫했다.

그들 중에 몇 명은 피하려 하고 나머지는 기형도를 휘둘러 막으려고 했다.

쩌쩌쩡! 퍼퍼퍽!

그러나 둘 다 부질없는 시도로 끝났다. 피하기도 전에 빛줄기에 머리통이 꿰뚫렸으며, 막으려던 자들은 기형도를 수수깡처럼 부러뜨리는 빛줄기에 자신들의 머리통을 내맡길 수밖에 없었다.

과연 혈귀수들은 회명자에 비해 절반 정도 수준밖에 되지 않는 듯했다.

현무삼위는 혈귀수와 회명자의 실력을 비교하기 어렵다고 했는데, 아마도 혈귀수의 독술과 사술이 나머지 절반 역할을 채워주는 것 같았다.

그런데 혈귀수들이 독술이나 사술을 사용하기도 전에 태무악이 선공을 했으므로 맥을 못 추는 것은 당연했다.

여섯 명의 혈귀수의 두 발이 바닥에서 떠올라 상체가 뒤로 젖혀지고 있을 때, 태무악은 그들 한복판을 스쳐 지나 광장으로 진입했다.

그는 여세를 몰아 흑자검을 움켜쥐고 가장 가까이에서 쇄도하고 있는 혈귀수들을 향해 곧장 부딪쳐 갔다.

치리릿!

흑자검이 허공 여기저기에 흑광을 번뜩이면서 신들린 듯이 검무를 추었다.

가장 앞쪽의 혈귀수들은 태무악의 쇄도하는 기세가 만만하지 않다는 사실을 감지했으나 물러서지 않고 오히려 좌우로 쫙 펼쳐지면서 그의 전신 급소를 노리고 소나기 같은 공격을 퍼부었다.

촤아아!

거센 바람이 숲을 휩쓰는 듯한 음향이 허공을 울렸다.

흑자검이 허공중에서 춤을 추더니 네 개의 검은 선, 즉 흑선(黑線)이 네 명의 혈귀수를 향해 쏘아가서 미간이나 목, 심장에 여지없이 쑤셔 박혔다.

퍼퍼퍼퍽!

태무악은 네 종류의 검법을 최고 경지까지 연마했는데, 이것은 그중 사혼검법이다.

이 검법이 만들어내는 흑선은 검기나 검풍이 아니다. 허공을 날카롭게 잘라내서 그것을 쏘아 보내는 것이다.

태무악은 사혼검법을 전개하여 다섯 호흡 사이에 열두 명의 혈귀수를 저승으로 보냈다.

쉬이잉!

그 순간 그는 뒤쪽 허공에서 기이한 음향이 나는 것을 듣고 재빨리 뒤돌아보다가 표정이 가볍게 변했다.

세 방향에서 세 개의 이상한 모양의 무기가 회전하면서 태무악을 향해 쏘아오고 있었다.

맹렬하게 회전을 하면서 쏘아오고 있기 때문에 어떤 모양인지는 알 수 없으나 납작한 원형에 폭이 한 자 반에 이를 정도로 컸으며 새파란 빛을 흩뿌리는데 속도가 믿어지지 않을 만큼 빨랐다.

태무악이 그것들을 처음 발견했을 때에는 이 장 거리였는데 순식간에 반 장 거리까지 좁혀들어 쇄도하고 있었다.

세 개의 물체는 그의 머리와 가슴, 하체를 노리고 각기 다른 방향에서 쏘아오기 때문에 바닥에 두 발을 붙인 자세에서는 피하기가 불가능했다.

또한 전면의 혈귀수들을 상대하고 있는 흑자검으로 세 개의 물체를 쳐내는 것 역시 무리였다.

탓!

순간 그는 바닥을 박차고 둥실 허공으로 솟구쳤다. 그냥 솟구치기만 하는 것으로는 늦기 때문에 솟아오르자마자 허공중에 엎드리는 자세로 몸을 길게 눕혔다.

쉬이잉!

세 개의 물체가 아슬아슬하게 그의 몸 아래를 스쳐 지나갔다.

그러나 위험은 그것으로 끝나지 않았다.

쉬잉! 쉉! 쉉!

태무악이 허공중에 엎드려 있는 상황에 사방에서 기이한 음향이 터져 나왔다.

방금 전에 그가 피한 기형물체 십여 개가 사방에서 한꺼번에 쏘아오고 있었다.

그런데 십여 개가 전부가 아니다. 태무악이 쳐다보고 있는 순간에 네 개가 더 쏘아왔다.

그 순간 그는 어느 혈귀수가 몹시 빠른 동작으로 자신의 반월처럼 휘어진 기형도를 두 개로 나누어 하나의 원형 칼날을 만들어서 던지는 광경을 목격했다.

태무악을 공격하고 있는 기형물체는 원래 혈귀수들의 기형도로써 분리했다가 다시 합쳐서 륜(輪)처럼 사용할 수 있는 것이었다.

현재 광장에 남아 있는 혈귀수는 도합 삼십여 명쯤 됐는데, 그들이 일제히 태무악을 향해 기형도로 만든 륜을 던져대고 있었다.

그중에서 십여 개의 륜은 어느새 태무악의 두석 자 지척까지 엄습하고 있었다. 즉시 행동을 개시하지 않으면 온몸이 도막나고 말 것이다.

후웃!

갑자기 그의 몸이 엎드린 자세에서 둥실 위로 반 장가량 더 떠올랐다. 유운답엽의 수법이다.

사삭! 삭!

그 순간 세 개의 륜이 그의 어깨와 옆구리, 허벅지 바깥쪽을 베고 지나갔다.

깊은 상처는 아닌 듯하지만 상처에서 핏물이 후드득 쏟아져 내렸다. 싸움을 시작하자마자 부상을 입다니, 생각하지도 못했던 일이다.

그는 어금니를 악물고 핏발이 곤두선 두 눈을 부릅떴다.

이런 상황에 처하면 대부분의 사람들은 겁을 먹거나 위축이 되지만 그는 분노가 솟구쳤다.

그때 그의 눈이 반짝 이채를 발했다. 모든 혈귀수들이 기형도를 륜으로 만들어 던졌기 때문에 무기를 지니고 있지 않은 모습을 발견한 것이다.

혈귀수들은 태무악이 륜에 부상을 당한 모습을 보고는 되돌아온 륜을 회수하는 즉시 재차 날렸다.

상대가 륜에 취약하다는 사실을 알았기 때문에 륜으로 끝장을 내려는 것 같았다.

태무악에게는 위험이 계속되는 것이지만 반면에 무기가 없는 혈귀수들을 손쉽게 죽일 수 있는 기회이기도 했다.

한꺼번에 이십여 개의 륜들이 사방에서 숨 쉴 틈 없이 소나기처럼 쇄도했다.

태무악은 머리 쪽에서 쏘아오는 몇 개의 륜을 향해 흑자검을 휘두르면서 그 방향으로 신형을 날렸다.

카카칵!

흑자검이 륜들을 여지없이 쪼갰다. 그냥 아무렇게나 쪼갠 것이 아니라 정확하게 도신과 도파의 경계 부위, 즉 슴베를 잘라서 륜이나 도의 기능을 하지 못하게 만들었다.

륜의 협공에서 약간 벗어난 태무악은 자신이 방금 쪼개어 아래로 떨어지고 있는 륜의 조각을 발끝으로 딛고 상체를 홱 돌려 자신이 빠져나온 곳으로 한꺼번에 몰려들고 있는 나머지 륜들을 향해 흑자검을 휘둘렀다.

카카카카카칵!

수수깡이 잘리듯 잠깐 사이에 이십여 개의 륜들이 모조리 절단되어 우수수 떨어졌다.

아직도 어떻게 된 상황인지 감을 잡지 못한 십여 명의 혈귀 수들마저 막 회수한 륜을 바닥으로 하강하고 있는 태무악을 향해 맹렬히 내던졌다.

쉬잉! 슁!

태무악은 기다렸다는 듯이 흑자검을 휘둘러 쏘아오는 륜들 역시 모두 쪼개 버렸다.

그가 삼십여 개의 륜을 모조리 절단 내는 데 걸린 시간은 딱

두 호흡이었다.

혈귀수들은 태무악의 놀라운 솜씨에 놀라고 또 더 이상 던질 륜이 없어서 그 자리에 우두커니 서 있었다.

슈욱!

바닥에 내려선 태무악은 가장 가까이에 모여 있는 혈귀수들을 향해 맹수처럼 쏘아가며 사혼검법을 전개했다.

치리리릿!

무서운 속도로 쏘아가는 그보다도 더 빠르게 몇 줄기 흑선이 혈귀수들을 향해 검은 번갯불처럼 뿜어졌다.

퍼퍼퍼퍽!

흑선이 혈귀수 네 명의 급소를 관통하며 피가 뿜어졌다.

그 순간 태무악은 혈귀수들 한복판으로 파고들면서 이번에는 광속참을 전개했다.

무기도 없는 상태인 혈귀수들은 자신들의 한복판에서 최강 검법인 광속참을 전개하는 태무악의 흑자검에 속수무책으로 목숨을 내맡길 수밖에 없는 상황이었다.

두어 차례 광속참을 전개하던 태무악은 그때부터는 아예 검법을 사용하지 않았다.

전후좌우 반 장 내지 일 장 거리에 혈귀수들이 우글거리고 있으므로 굳이 힘들여서 검법을 전개할 필요가 없었다. 그저 가장 효율적으로 흑자검을 찌르고 베면 되는 것이다. 즉, 실용

검법인 셈이다.

　태무악은 순서도 없고 거칠 것도 없이 가까운 거리에 있는 혈귀수들부터 닥치는 대로 찌르고 베었다.

　하지만 한 명에게 단 한 번의 칼질만을 했다. 급소를 정확하게 찌르고 베기 때문이다.

　가까운 거리에서 혈귀수들이 뿜어낸 피를 흠뻑 뒤집어쓴 태무악의 모습은 염마왕(閻魔王) 같았다.

　더구나 머리카락의 염색이 많이 탈색돼서 희끗희끗해진 머리카락에 피가 묻은 모습은 더욱 섬뜩했다.

　"흩어져라!"

　혈귀수들이 정신을 차리고 누군가의 명령에 의해서 다급히 사방으로 쫙 흩어졌을 때에는 이미 십오륙 명이 이승을 떠난 후였다.

　그러나 태무악은 흩어지고 있는 혈귀수 세 명을 그림자처럼 따라붙었다.

　흩어진다기보다 사실상 도망을 치고 있는 세 명의 혈귀수는 다급히 허리의 가죽 주머니에 손을 넣었다가 태무악을 향해 힘껏 뿌렸다.

　두 명은 각기 다른 종류의 독을 뿌렸고, 한 명은 작은 별 모양의 암기 십여 개를 전력으로 쏘아냈다.

　그들은 그것으로 태무악을 중독시키거나 부상을 입힐 수 있을 것이라고 믿었다.

그러나 태무악이 검은색과 붉은색의 짙은 독무를 그대로 통과하는 것과 암기들이 그의 몸 가까이에 이르러 호신막에 부딪쳐서 모조리 튕겨지는 광경을 발견하고는 질겁하는 표정을 지었다.

그들이 재차 독과 암기를 꺼내려고 허리에 찬 가죽 주머니에 손을 집어넣고 있을 때 이미 지척까지 쇄도한 흑자검이 허공을 갈랐다.

쉬카앗!

태무악은 거꾸러지는 세 명의 몸이 바닥에 닿기도 전에 근처에서 흩어지고 있는 다른 두 명의 혈귀수를 향해 질풍처럼 덮쳐 가고 있었다.

두 명은 자신들이 지니고 있는 독 중에서 가장 치명적인 독을 꺼내 다급히 태무악에게 내던졌다.

퍼펑!

호두 크기인 두 알의 붉은 물체가 쏘아오다가 태무악 얼굴 앞에서 터지며 시뻘건 독수를 쏟아냈다.

투두두…….

수십 방울의 독수는 태무악이 일으킨 호신막에 대부분이 튕겨졌으나 몇 방울이 호신막을 뚫었다. 그만큼 지독한 절독이라는 뜻이다.

치지이.

몇 방울의 독수가 태무악의 어깨와 가슴에 튀어 옷을 태우고 안쪽으로 스며들었다.

그 광경을 본 두 명의 혈귀수는 득의한 표정을 지으며 도망치는 것을 멈추고 오히려 품속에서 작고 예리한 소도를 꺼내며 태무악에게 덤벼들었다.

그들이 방금 터뜨린 절독은 한 방울만 몸에 묻어도 살을 뚫고 들어가 혈맥 속에서 급속도로 퍼지며 온몸의 기능을 정지시킨다.

그런데 태무악은 여러 방울이 몸에 튀었으므로 절대 무사할 수 없을 것이라고 판단한 것이다.

사실 몇 방울의 독수는 태무악이 입은 옷을 뚫고 살갗까지 이르렀다.

하지만 그것뿐이다. 독수는 오행신체의 살갗 속으로는 침투하지 못하고 증발해서 사라져 버렸다.

두 명의 혈귀수 입가에 막 떠오르고 있던 득의한 미소는 떠오를 때보다 더 빨리 사라졌다.

코앞까지 쇄도한 태무악의 흑자검이 자신들의 목을 베어오는 것을 발견한 것이다.

두 명의 혈귀수는 태무악이 어째서 절독에 중독되지 않았는지에 대해서 생각할 여유가 없었다.

　귀기를 뿌리면서 쏘아오는 저 시커먼 검이 자신들의 목을 벨 것이라는 극도의 공포심에 사로잡혀 있을 뿐이다.

　태무악이 그들의 목을 잘라 수급이 허공으로 떠오르고 있을 때 남은 혈귀수 열 명은 이미 만반의 싸울 태세를 갖추고 포위 지세를 만들어 공격을 개시하고 있었다.

　태무악이 이미 사십여 명의 동료들을 죽인 것을 똑똑히 목격했기 때문에 자신들이 그의 적수가 못 된다는 사실을 알고 있었지만 혈귀수들은 도망치거나 물러서지 않았다.

　천존을 받드는 무리들, 즉 천중고수들의 여러 공통점 중에 하나는 임전불퇴(臨戰不退)다.

　아무리 불리한 상황이고 또 자신들이 죽을 것을 뻔히 알면서도 절대로 도망치지 않았다.

　태무악이 여태껏 싸워본 바로는 그랬고, 혈귀수들도 예외는 아니었다.

　죽음을 두려워하지 않는 열 명의 혈귀수는 이제부터 결사적으로, 그리고 모든 방법을 동원하여 싸울 것이다.

　하지만 그들은 피에 굶주린 태무악이라는 인간에 대해서 너무나 모르고 있었다.

　그가 천존의 하수인들을 얼마나 많이 죽였으며, 그의 한 몸에 사람을 죽이는 살인 기술이 무궁무진하게 감추어져 있다는 사실을 말이다.

그의 적은 한낱 혈귀수가 아니라 바로 천존이다.

혈귀수 따윈 앞으로 그가 걸어갈 수천 개의 디딤돌 중에 하나일 뿐이다.

第七十一章

혈해(血海)

대
무
신
大武神

태무악은 마지막 열 명의 혈귀수를 모두 죽이고 흑자검을 늘어뜨린 채 날카롭게 주위를 둘러보았다.

오십여 명의 혈귀수가 피바다 속에 어지럽게 쓰러져 있으며 주인 잃은 머리통들이 여기저기 나뒹굴어 있는 처참한 광경이다.

오십여 명 모두 한차례씩 흑자검에 찔리고 베었으나 부상을 당해서 꿈틀거리는 자는 한 명도 없었다. 모두 즉사였다.

그들이 흘린 피가 바닥에 흥건하게 고였다가 낮은 한쪽 통로를 따라 시냇물처럼 흘러내렸다.

태무악은 그쪽 방향의 통로를 향해 신형을 날렸다. 그 통로 끝에서 비명 소리가 터져 나오고 있었기 때문이다.

통로 끝은 넓은 광장이고 태무악이 들어서자 역한 피비린내가 코를 찔렀다.

그 광장은 태무악이 조금 전까지 있었던 곳보다 세 배 정도 더 컸으며 바닥에 깔려 있는 시체들도 오십여 구였다.

다른 점이 있다면 시체들의 대부분이 머리가 박살나고 더러는 가슴과 복부가 파열됐다는 사실이다. 이곳의 혈귀수들 역시 부상자가 한 명도 없이 모두 즉사했다.

조철악은 탐스러운 검은 수염을 휘날리면서 양손을 휘두르며 싸우고 있었는데, 마치 무시무시한 대호(大虎) 한 마리가 수십 마리 시랑(豺狼:승냥이와 이리) 떼와 싸우는 듯 위풍당당했다.

그와 싸우는 자들은 삼십여 명의 혈귀수인데 그들 중에 다섯 명이 혈귀수와 조금 다른 복장을 하고 있었다.

아마 그들 다섯 명은 귀촉루주 아래 계급의 우두머리들일 것이라고 태무악은 짐작했다.

다섯 우두머리를 비롯한 삼십여 명의 혈귀수와 싸우면서도 조철악은 싸움의 주도권을 쥐고 있었다.

삼십여 명이 기형도와 기형도로 만든 륜, 그리고 독과 수많은 암기들을 소나기처럼 발출하고 있는데도 그것들은 조철악

근처에 이르지도 못하고 마치 가랑잎처럼 휘말려서 허공으로 날아갔다.

그가 호신막을 펼쳤기 때문이 아니다. 호신막을 펼치면 공력이 이 할 정도 손실되기 때문에 그만큼 공격에서 전력을 다할 수가 없다.

또한 호신막이 공격을 막아주는 이점이 있기는 하지만, 자신이 공격을 할 때에는 거두어야 하는 불편함도 있다.

그래서 조철악은 웬만하면 호신막 같은 것은 귀찮아서 사용하지 않는 편이다.

지금 그는 무극파천황 중에 무극신강(無極神罡)이라는 초식을 전개하는 중이다.

꽈르릉! 꽈꽈꽝!

하늘이 엎어지고 땅이 뒤집어진다는 천번지복(天飜地覆)을 바로 조철악이 일으키고 있었다.

그가 쌍장을 휘젓자 고막이 터질 듯한 벽력성이 쉴 새 없이 터졌다.

뿐만 아니라 그의 양손에서 만들어진 번뜩이는 강기(罡氣)가 하늘에서 내리꽂히는 번갯불처럼 사방으로 뿜어졌다.

그로 인해 광장 전체가 들썩거렸으며 심지어 여기저기 천장과 벽이 갈라져서 무너지기 시작하는 곳도 있었다.

무극파천황에는 모두 세 종류의 무공이 있는데, 하나는 장력(掌力)이고, 또 하나는 도법(刀法)이며, 마지막 하나가 신공으로, 도법은 검법이나 여타 다른 무기의 초식으로 전환이 가능하다.

지금 조철악이 전개하고 있는 것은 장력인 무극신강의 삼초식 중 일초식인 뇌신강(雷神罡)이다.

그는 무극파천황을 사성밖에 익히지 못했는데도 이 정도의 가공한 위력을 발휘하고 있었다.

그로 미루어 파천록의 무극파천황을 모두 완벽하게 연마하면 천상천하최강고수가 된다는 전설은 막연한 허언이 아닌 듯했다.

태무악은 조철악의 신기에 압도되어 잠시 넋을 잃고 그 광경을 바라보았다.

그는 이 순간만큼은 단순한 무인일 뿐이고, 자신이 무슨 목적으로 이곳에 왔는지 무엇을 하는 중인지조차도 망각하고 있었다. 그만큼 조철악의 신기에 매료된 것이다.

조철악이 절정고수이고 가공한 무위를 발휘하고 있으나 혈귀수들을 한꺼번에 몰살시키지는 못하고 있었다.

혈귀수들 이십오륙 명이 합공을 펼치고 있는 것은 별로 위협이 되지 못했다.

그런데 우두머리 다섯 명의 합공이 워낙 거세고 날카로워서 조금 애를 먹고 있는 중이다.

현재 조철악은 평균 다섯 호흡에 혈귀수 한 명을 죽이는 정도로 싸움을 이끌어가고 있는 상황이었다.

그때 다섯 우두머리 중에 혈포를 입고 언월도 같은 무기를 사용하고 있는 인물이 교묘하게 조철악의 장막(掌幕)을 헤집고 들어가서 그의 옆구리를 공격했다.

팍!

그러나 조철악이 급히 피하는 바람에 혈포인의 언월도는 그의 옆구리 옷자락을 살짝 베는 것으로 그쳤다.

"이놈 자식!"

옷만 베어졌을 뿐이지만 자존심이 상한 조철악은 벌컥 화를 내면서 혈포인을 향해 오른손 일장을 갈겼다.

쉐애앵!

순간 그의 장심에서 번쩍! 하는 섬광이 뿜어지더니 한줄기 빛이 곧장 혈포인을 향해 쏘아갔다.

그것은 무극신강의 이초식인 섬신강(閃神罡)으로, 빠르기는 섬전과 같고 한 자 두께의 무쇠를 녹여서 뚫거나 거대한 바위를 단번에 박살내는 가공한 위력을 지녔다.

혈포인은 움찔 놀라 다급히 물러나면서 수중의 언월도를 마구 휘둘렀다.

그 순간 다른 네 명의 우두머리와 혈귀수들이 집중적으로 조철악을 맹공격했다.

그 바람에 조철악이 발출한 섬신강의 위력이 주춤 약화되었고, 그사이에 혈포인은 여유있게 조철악의 공격권에서 벗어날 수 있었다.

혈포인은 방금 전의 급습으로 조철악의 옷자락만 베었으나 그로 인해 어느 정도의 자신감을 얻었다.

그래서 두 번째 공격에는 자신과 네 명의 우두머리가 합세하여 조철악에게 치명타를 가하겠다고 내심으로 계획을 세우고 있었다.

"총당주! 위험합니다!"

그때 근처에 있던 우두머리, 즉 당주 중 한 명이 혈포인, 즉 총당주에게 그의 머리 위를 가리키면서 다급히 외쳤다.

자신의 머리 위에서 아무것도 느끼지 못하고 있던 총당주는 급히 위를 쳐다보다가 안색이 급변했다.

생전 처음 보는 한 인물이 온몸에 시뻘건 핏물을 뒤집어쓴 모습으로 한 자루 시커먼 검을 움켜쥔 채 무서운 속도로, 그리고 추호의 기척도 없이 하강하여 어느새 반 장 거리까지 쇄도하고 있는 것을 발견한 것이다.

총당주는 피할 여유가 없음을 깨달았다. 위에서 아래로 공격할 때의 유리한 점은 공격할 수 있는 범위, 즉 공격 반경이 매우 넓다는 사실이다.

즉, 표적이 아무리 빨리 피한다고 해도 방향만 살짝 틀어주면 공격에서 벗어나지 못하는 것이다.

그런데 핏물을 뒤집어쓴 혈인은 이미 머리 위 반 장 거리까지 쇄도하고 있는 중이다.

그러므로 총당주가 한 발자국을 떼어놓기도 전에 머리가 쪼개지고 말 것이다.

그래서 총당주는 반격하기로 마음먹고 전 공력으로 언월도를 치켜들어 자신이 가장 자신하는 초식을 전개하면서 마주 공격해 갔다.

쩌껑!

과연 총당주는 만만하지 않았다. 그의 언월도는 혈인, 즉 태무악의 흑자검을 정확하게 막아내며 불꽃을 일으켰다.

그러나 총당주는 태무악의 공격을 한차례 막는 것으로 그치지 않았다.

쩌쩌쩌쩡!

태무악이 머리를 아래로 다리를 위로 뻗은 자세에서 연이어 펼치는 다섯 차례의 광속참을 모두 막아냈을 뿐만 아니라 오히려 반격을 가하려고 시도했다.

또한 총당주의 언월도는 흑자검과 여러 차례 부딪치고도 멀쩡했다.

그로 미루어볼 때 그의 언월도는 평범한 재질의 쇠가 아닌 듯했다.

태무악이 몇 차례 격돌해 본 결과 총당주의 무위는 예전에 그가 싸워보았던 현무사위보다는 한 수 위고, 청룡사자보다는 두어 수 아래인 듯했다.

비록 급습이었지만 태무악은 청룡사자를 죽인 경험이 있다. 더구나 그 이후 풍부한 싸움 경험을 쌓았다.

그러므로 총당주 정도는 십 초식 이내에 죽일 수 있다는 판단을 내렸다.

쩌껑!

여섯 번째 격돌에서 흑자검과 언월도가 부딪치는 순간 태무악은 부딪침의 반탄력을 축으로 삼아 번개같이 총당주의 뒤로 내려섰다.

그러나 총당주의 반응도 기민했다. 그는 몸을 뒤로 돌리기 전에 맹렬하게 언월도부터 그어댔다.

태무악이 그의 뒤로 내려선다면 몸통이 통째로 잘라지고 말 상황이다.

쐐액!

그러나 그의 언월도는 허공을 가르고 말았다.

태무악은 총당주의 뒤에 내려서는 것처럼 하다가 중간에 빙글 방향을 틀어 그의 앞으로 내려서면서 빛처럼 빠르게 흑자검을 뻗었다.

팍!

흑자검이 막 뒤돌아보는 총당주의 목 옆을 쑤시고 들어갔다. 그러나 찌르는 순간에 총당주가 다급히 고개를 숙이는 바람에 흑자검의 검신 한쪽이 뒷목 살갗을 찢으며 삐져나와 치명상을 안기지는 못했다.

부아악!

총당주는 목에서 피를 뿌리며 눈에서 흉흉한 광기를 뿜으며 전력을 다해 언월도를 휘둘러왔다.

태무악은 지그시 어금니를 악물고 천강신력을 일으켜 흑자검에 주입하면서 정면으로 마주쳐 갔다.

카칵!

"끅!"

이번만큼은 언월도도 무사하지 못했다. 천강신력이 담긴 흑자검은 언월도를 동강내며 그대로 총당주의 옆머리를 비스듬히 통째로 잘라 버렸다.

태무악은 여세를 몰아 네 명의 당주를 향해 쏘아갔다.

그때 조철악이 껄껄 웃었다.

"헛헛헛! 고맙다, 무악아! 그러나 나보다는 고전하고 있는 너의 옛 친구를 도와주는 것이 좋을 것 같구나!"

태무악은 미처 감지하지 못했으나 조철악은 무간구십구호와 현무삼위가 고전하고 있다는 것을 싸우는 소리만으로 감지한 것이다.

태무악은 당주들에게 쏘아가는 것을 멈추고 즉시 광장을 둘러보다가 한곳에 시선을 멈추었다.

그곳은 광장에서 왼쪽으로 뻗은 통로인데 그 끝에서 싸우는 소리가 들려오고 있었다.

그리 크지 않은 광장에는 이십여 명의 혈귀수 시체가 처참한 모습으로 널려 있었다.

시체들 절반 정도는 급소를 찔리거나 베였지만 나머지 절반은 몸이 절단되거나 급소를 비껴나 여러 군데를 찔린 모습이었다.

그로 미루어 무간구십구호와 현무삼위가 처음에는 혈귀수들의 급소를 정확하게 적중시키다가 점차 급소를 맞히지 못했다는 사실을 짐작할 수 있었다.

두 사람은 서로 등진 상태에서 십육 명의 혈귀수와 치열하게 싸움을 벌이고 있는 중이었다.

그런데 둘 다 부상을 입은 모습이다. 무간구십구호는 서너 군데 찔리고 베였으나 깊은 상처는 아니고, 현무삼위는 대여섯 군데 상처를 입었는데 그중 복부와 등의 상처가 매우 깊어서 위중한 상태였다.

무간구십구호는 무간옥에서는 상위에 속하는 실력이지만 태무악에 비하면 한참 아래 수준이다.

그러므로 그와 현무삼위 둘을 붙여놓아도 태무악의 육, 칠 할 정도의 실력에 불과했다.

그런데 삼십오륙 명의 혈귀수를 상대하자니 힘에 부칠 수밖에 없는 것이다.

차차차창!

"흑!"

둘 다 검으로 싸우던 도중에 갑자기 현무삼위가 어깨에 혈귀수의 기형도에 찔리면서 뒤로 밀리며 등이 무간구십구호의 등에 묵직하게 부딪쳤다.

그 바람에 무간구십구호는 앞으로 반걸음 주춤 튀어나갔으나 조금도 놀라지 않았으며 오히려 반사적으로 검을 마구 휘둘러 혈귀수 한 명의 목을 자르고는 즉시 뒤로 반걸음 되돌아왔다.

현무삼위는 쓰러질 듯 비틀거리면서도 급히 무간구십구호의 등에서 자신의 등을 뗐다.

그러자 무간구십구호가 가볍게 눈살을 찌푸리며 현무삼위에게 거칠게 내뱉었다.

"이 자식아! 비틀거리지 말고 내게 등을 기대고 싸워라!"

심지가 제압된 상태인 현무삼위는 그것을 명령으로 받아들여 즉시 자신의 등을 무간구십구호의 등에 기대고 싸움을 계속했다.

십오 명의 혈귀수는 두 사람을 포위한 상태에서 숨 쉴 틈도 주지 않고 소나기 같은 공격을 퍼부었다.

무간구십구호는 사흔검법과 전린부를 연이어 전개했으나 공력이 많이 소진된 상태라서 위력을 발휘하지 못했다.

카카칵! 차차차창!

온몸을 향해 비 오듯 쏟아지는 공격을 그는 피하지 않고 고스란히 막아냈다. 피하면 등을 맞대고 있는 현무삼위가 당하기 때문이다.

팍!

그때 한 자루 기형도가 무간구십구호의 오른쪽 어깨를 정면에서 찔렀다.

칼은 그의 어깨를 깊숙이 쑤시고 들어가 뼈를 가르면서 뒤쪽으로 반 뼘쯤 튀어나왔다. 이 싸움에서 가장 깊은 상처를 당하는 순간이다.

"이 자식!"

껑!

그가 왼손으로 기형도의 도신을 덥석 잡아 가볍게 힘을 주자 그의 어깨에서 반 뼘 부분과 혈귀수가 잡고 있는 도파의 슴베 앞부분이 여지없이 부러졌다.

다음 순간 그는 부러진 도신을 움켜잡고 혈귀수의 목을 그대로 잘라 버렸다.

예리한 도신을 힘주어 움켜잡았는데도 그의 손은 말짱했다. 무간자들은 어느 누구도 예외없이 철사장(鐵沙掌)을 수련하기 때문에 양손이 무쇠보다 더 단단하다.

철사장이란 쇠 성분이 풍부한 모래를 가마솥에 가득 담아 뜨겁게 열을 가한 후에 두 손을 번갈아가면서 담그며 연마하는 방법이다.

무간구십구호는 어깨에 칼 조각을 꽂은 채 슬쩍 인상을 썼다. 이상한 기분이 느껴졌다.

회명부에 감금되어 회명자가 되라고 무수히 고문을 당할 때에도 느껴보지 못했던 묘한 기분이었다.

가슴 저 밑바닥에서 뭔가 묵직한 것이 울컥 치밀어 오르면서 적들을 잔인하게 죽이고 싶다는 마음이 파도처럼 엄습했는데, 그로서는 난생처음 느껴보는 감정이었다.

그것은 분노에 이은 살심이다.

지금까지 그는 왜 적을 죽여야 하는지 이유도 모르는 채 태무악이 죽이라고 하니까 그저 맹목적으로 죽였었다.

그런데 방금 어깨에 깊은 상처를 입고 나니까 울컥 화가 치밀었고, 그 직후에 살심이 온 정신과 온몸에 팽배해졌다.

화를 내거나 살심이 솟구치는 기분이 정확하게 무엇인지는 모르겠지만 그는 심장이 싸늘해지고 무엇인지 모를 격렬한 느낌이 울컥울컥 치미는 느낌이 왠지 좋았다.

화나 살심이 좋은 것이 아니라, 어쩌면 늘 평범하기만 했던 감정이 어떤 변화를 일으켰기 때문에 그 변화가 신기하게 여겨진 듯했다.

"이 자식들!"

순간 그는 자신이 알고 있는 유일한 욕설을 내뱉으며 화살처럼 앞으로 튀어나갔다.

쾌애액!

혈귀수들에게 부딪쳐 가면서 벼락같이 검을 떨치자 기음과 함께 허공중에 현란하게 반짝이는 수십 개의 검화(劍花)가 피어났다가 그것들이 세 명의 혈귀수를 향해 내리꽂히는 과정에 빠르게 모여들어 세 줄기로 바뀌었다.

그 광경은 마치 수많은 꽃송이들이 세 개의 빗줄기가 되어 쏘아 내리는 듯했다.

그래서 이 검법의 이름이 화우월영격이며 무간옥 출신들은 누구나 배운다.

퍼퍼퍽!

세 줄기 화우(花雨)가 세 명의 혈귀수 머리통과 심장에 쑤셔 박히며 피와 뇌수가 확 뿌려졌다.

일단 세 명의 혈귀수를 죽이고 나자 무간구십구호는 기분이 약간 변했다. 분노와 살심이 통쾌함으로 바뀐 것이다.

그는 분노했을 때 적을 죽이니까 속이 후련해진다는 사실을 처음 맛보았고 깨달았다.

그러나 세 명의 혈귀수를 죽이는 것으로는 분노의 응어리가 다 풀어지지 않았다.

또한 분노와 통쾌함의 느낌을 연이어서 맛본 그는 분노보다는 통쾌함이 더 기분 좋다는 사실을 깨달았다.

그래서 보다 더 큰 통쾌함을 느끼기 위해 혈귀수들 속으로 파고들면서 미친 듯이 검을 휘두르면서 이번에는 전린부를 전개했다.

태무악과 무간옥주인 염제는 전린부를 전개하여 만들어낸 빛줄기를 여러 개의 전린(電鱗)으로 쪼개어 여러 명의 적을 상하게 할 수 있는 수준이지만, 무간구십구호는 아직 하나의 빛줄기만을 뿜어내는 수준이다. 어쩌면 그래서 더 위력적인지도 모른다.

"크흑!"

그런데 그가 두 명의 혈귀수를 더 죽였을 때 뒤쪽에서 묵직한 신음이 터졌다.

그가 급히 그곳을 쳐다보자 현무삼위가 가슴에 기형도를 찔려 크게 비틀거리고 있었다.

"이런……."

무간구십구호는 등을 맞대고 있는 상태에서 자신이 분노와 살심을 이기지 못하고 등 뒤에 현무삼위가 있다는 사실을 깜빡 망각한 채 뛰쳐나왔기 때문에 그가 위험에 처했다는 사실을 뒤늦게 깨닫고 얼굴이 일그러졌다.

비틀거리고 있는 현무삼위의 온몸으로 혈귀수들의 기형도가 소나기처럼 쏟아졌다.

현무삼위의 온몸에서 피가 뿜어지고 팔이 잘라지더니 마지막으로 목이 잘라졌다.

그런데 현무삼위는 목이 잘라져서 몸과 분리되기 직전에 우연인지 무간구십구호를 쳐다보고 있었다.

두 사람의 시선이 허공에서 마주쳤다. 그리고 죽는 순간에 현무삼위는 치령술이 풀려서 본성을 되찾았다.

무간구십구호는 현무삼위의 눈빛이 이상한 빛으로 물드는 것을 똑똑히 보았다.

무간구십구호는 무간옥에서 동료 무간자나 무간낭자들이 죽어가는 모습을 이따금씩 목격할 때가 있었다.

그때는 아무런 느낌도 없었다. 죽어가는 자나 지켜보는 자나 모두 인성이 마비되었기 때문이다.

그러나 이것은 조금 다르다. 현무삼위는 방금 전까지 무간구십구호와 등을 맞대고 함께 싸우던 동료였다. 잠시나마 생사고락을 함께했다는 뜻이다.

지금 이 상황에서는 그가 어떤 인물이고 어떤 신분이었느냐는 것은 무간구십구호에게 그리 중요하지 않았다. 단지 그는 함께 싸운 동료일 뿐이다.

그 동료가 죽어가고 있는 것이다. 그 광경을 지켜보는 무간구십구호의 기분은 아주 더러웠다. 이런 기분 역시 처음 느껴보는 것이다.

현무삼위의 수급이 목에서 분리되어 허공으로 둥실 떠오르는 것을 보면서 무간구십구호는 난생처음으로 심장을 차가운 물에 푹 담근 듯한 기분을 맛보았다.

비애였다.

푹!

"윽."

그가 잠시 한눈을 팔고 있는 사이에 한 자루 기형도가 등 뒤에서 그의 등 한복판을 깊이 찔렀다.

불행은 전염력이 강하다. 동료의 불행 때문에 기분이 더러워졌다가 곧 자신의 불행이 돼버린 것이다.

뿌득.

기형도가 몸속에서 살과 뼈를 자르는 소리가 흘러나오더니 곧이어 가슴 한복판을 뚫고 빼꼼 삐져나왔다. 그리고 도첨에서 또르르 피가 굴러떨어졌다.

"이 자식."

무간구십구호는 얼굴을 보기 싫게 일그러뜨렸다. 이것은 더러운 기분이 아니라 참을 수 없는 분노다. 하지만 고통은 느껴지지 않았다.

급히 몸을 뒤로 돌리려는데 등에서 가슴으로 관통된 기형도 때문에 꼼짝을 할 수가 없었다.

그때 문득 그는 자신도 현무삼위처럼 되는 것이 아닌가, 하는 생각이 들었다.

죽음을 눈앞에 둔 사람들은 여러 가지 생각이 자신도 모르게 떠오르게 마련이다.

삶을 치열하게 산 사람들은 치열했던 회상을, 죽도록 사랑을 했던 사람은 그리운 연인의 얼굴을, 미련이 많은 사람은 그 미련들이 주마등처럼 질긴 끈이 되어 죽지 말라고 생명줄을 붙잡는다.

하지만 무간구십구호는 치열했던 삶도―그 자신은 무간옥의 생활이 치열했다고 느끼지 못한다―사랑하는 연인도, 미련 따위는 더더욱 없다.

온몸에 힘이 쭉 빠지고 의식이 아득해지는 이 순간에 그의 뇌리를 가득 채우는 한 사람의 얼굴이 있었다.

태무악이다. 그만이 무간구십구호를 최초로 인간처럼 대접해 준 사람인 것이다.

"무간백구호… 이 자식……."

다리에 힘이 풀렸고 몸이 앞으로 스르르 엎어지기 시작했다. 믿을 수가 없었다. 자신에게 이런 어처구니없는 일이 벌어지다니.

"정신 차려라, 무간구십구호!"

그때 하나의 굵고 단단한 팔이 무간구십구호의 허리를 덥석 안았다.

돌아보니 태무악이 한 팔로 그의 허리를 안고 시커먼 검을 휘두르고 있는 모습이 보였다.

마치 방금 그가 무간백구호를 입 밖으로 중얼거렸기 때문에 그가 나타나 준 것 같은 착각이 들었다.

바로 그때 뭐랄까. 심장이 따뜻해지고 몸이 훈훈해지면서 가슴에 소나기 같은 것이 쏴아아… 쏟아져 내렸다.

그것은 아주 좋은 기분이었다.

"너……."

무간구십구호는 입술을 씰룩거렸다. 미소를 지으려는 것인데 잘되지 않았다. 고통 때문이 아니라 미소를 지어본 적이 없기 때문이다.

그는 정신을 잃기 전에 태무악을 바라보며 묘한 눈빛을 흘렸는데, 태무악은 그것이 '신뢰'라는 것을 알아차렸다.

무간구십구호는 태어나서 처음으로 누군가를 신뢰하는 마음이 생겼다.

싸움이 끝난 후에 최종적으로 확인한 결과 태무악 등은 귀촉루의 총당주와 네 명의 당주를 비롯하여 도합 백육십팔 명의 혈귀수를 죽였다.

반면에 태무악 쪽은 현무삼위가 죽었고 무간구십구호가 중상을 입은 채 혼절했다.

원래 현무삼위는 적이었으므로 희생이라고 볼 수는 없다.

태무악은 몇 군데 찔리고 베인 상처를 입었으나 긁힌 정도이고, 조철악은 아예 그런 상처조차 입지 않았다.

회명부에 이어서 귀촉루마저도 완전히 전멸시키지 못한 것이 못내 개운하지 않았으나 태무악 일행은 서둘러 귀촉루를 떠났다.

태무악이 단예를 안고, 조철악이 무간구십구호를 등에 업고는 일로 동쪽을 향해 내달렸다.

*　　*　　*

휴우웅!

강맹한 일장이 커다랗고 육중한 석문을 향해 정면에서 발출되었다.

꽈꽝!

거센 폭음과 함께 석문이 여러 개로 쪼개져서 흩어졌다.

회명부 총부주는 박살난 석문 안쪽에 시선을 고정시킨 채 천천히 쌍장을 거두었다.

휘익! 휙! 휙!

총부주 뒤쪽에서 열 명의 회명자가 쏘아나가 석문 안쪽으로 사라졌다.

총부주는 평범한 회의단삼을 입었으며 이마에는 검은색의 건(巾)을 두르고 어깨에 한 자루 푸른색의 검을 멘 삼십대 중반의 모습이다.

제법 준수한 용모에 시커먼 구레나룻을 길렀으며, 지금은 산천을 유람하듯 담담한 표정을 짓고 있었다.

만약 사람들이 그를 무림에서 마주친다면, 정파 명문의 후계자 정도로 볼 것이 분명한 걸출한 외모를 지녔다.

그의 약간 뒤쪽 좌우에는 세 인물이 나란히 서 있었는데, 그들은 회명부의 살, 혈, 사 삼부의 부주들이다.

삼부주는 각각 평범한 흑의, 혈의, 갈의경장을 입었으며, 일반 회명자와는 크게 다른 복장이다.

총부주와 삼부주를 거리에서 보면 그저 평범한 무림인 정도로만 여길 듯했다.

그리고 총부주를 비롯한 네 인물 뒤에는 사십여 명의 회명자가 특유의 복장과 검은 철립을 깊숙이 눌러쓴 채 도열해 있었다.

시간이 흐르고 있으나 총부주 이하 회명자들은 그 자리에서 꼼짝도 하지 않았다.

반 시진 후 석문 안, 즉 귀촉루에 들어갔던 열 명의 회명자가 나와 총부주 앞에 늘어섰다.

그들 중 한 명이 총부주에게 공손히 보고를 했다.

"총당주와 네 명의 당주를 비롯하여 귀촉루에 머물고 있던 백육십팔 명 전원이 죽었습니다."

살, 혈, 사 삼부주의 얼굴이 일그러지는 데 반해서 총부주는 표정의 변화가 전혀 없다.

"역시 신풍혈수와 혈신마의 짓이더냐?"

그렇게 묻는 목소리도 나직하고 담담했다. 오히려 적당히 굵고 맑은 듣기 좋은 목소리였다.

"그렇습니다. 그 외에 두 명이 더 있는데 한 명은 무간자 같고 다른 한 명은 대승방주였습니다."

그는 직접 눈으로 목격한 것처럼 정확하게 보고했다.

귀촉루를 조사하러 들어간 열 명의 회명자는 한눈에도 평범하게 보이지 않았다.

그들은, 이들 열 명은 총부주처럼 회색 경장을 입었으며 허리에는 붉은색의 띠를 둘렀으나 다른 회명자들처럼 검은 철립을 쓰지는 않았다.

또한 모두 오른쪽 어깨에는 한 자루 검을, 왼쪽 어깨에는 검은색의 활과 화살통을, 허리 뒤쪽에는 한 자 길이의 짧은 도를 차고 있는 것이 다른 모습이다. 이들은 총부주 직속 수하로서 회명특살대라고 한다.

총부주는 손으로 턱을 쓰다듬었다.

"대승방주가 분명하더냐?"

"목이 잘리고 난도질을 당한 모습이지만 대승방주가 틀림없었습니다. 또한 죽은 혈귀수들 중에 현무중장의 성명무공에 당한 자들이 다수 있었습니다. 즉, 대승방주가 신풍혈수를 도와 혈귀수들을 죽였다는 뜻입니다."

천중신군 중에 태상사사자에 속하는 네 파벌은 각기 고유의 성명무공을 익힌다.

회명부는 현무중장에 속한다. 그러므로 회명특살대가 가짜 대승방주인 현무삼위의 무공을 알아보지 못할 리가 없다.

총부주는 죽은 대승방주가 가짜이며 실제 신분이 현무삼위라는 사실을 알고 있다.

또한 신풍혈수를 도와 혈귀수를 죽인 무간자가 회명부에 감금되어 있던 무간구십구호일 것이라고 짐작했다.

총부주는 수하의 보고를 통해서 두 가지 사실을 유추해 냈다.

첫째, 신풍혈수가 무간구십구호를 구해서 데리고 다니는 것은 한 가지 사실을 의미한다.

즉, 무간자 출신인 신풍혈수가 삼 년 반 동안 인간의 정(情)

을 배웠다는 것이다.

그렇기 때문에 같은 무간자 출신인 무간구십구호에게 연민을 느껴 그를 구해서 함께 동행을 하고 있는 것이다.

둘째, 신풍혈수가 제독치령법으로 가짜 대승방주인 현무삼위의 심지를 제압하여 정보를 캐낸 후 귀촉루 공격에도 이용했을 것이라는 추측이다.

총부주는 뒷짐을 진 채 오랫동안 꼼짝하지 않고 비스듬히 허공을 응시하며 깊은 생각에 잠겼다가 이윽고 허공에서 시선을 거두며 입을 열었다.

"북경성으로 간다."

원래 그는 한 가지 임무를 띠고 삼부주와 회명자들을 이끌고 동쪽으로 향하고 있었다.

그런데 출발한 지 이틀 만에 회명부가 급습을 받아 전멸했다는 급보를 받고 즉시 전력을 다해 되돌아온 것이다.

그가 회명부를 떠난 이유는 현무사자로부터 '신풍혈수를 찾아서 제압하라' 는 명령을 받았기 때문이다.

그는 신풍혈수를 찾아 동쪽으로 향했는데, 그 시간에 신풍혈수는 오히려 회명부를 전멸시켜 버린 것이다.

회명부를 떠나기 전에 총부주는 신풍혈수에 대한 모든 정보를 수집하여 나름대로 분석을 했었다.

그 결과 신풍혈수가 북경성을 중심으로 활동하고 있다는 결론을 내렸었다.

강한 자들의 공통점은 자신의 결정을 매우 신뢰한다는 것이다. 그리고 그는 강했다.

총부주와 삼부주 이하 회명자들은 두 번째로 산서성을 출발했다.

신풍혈수에게 짓밟힌 회명부와 귀촉루, 그리고 대승방을 뒤로한 채……

第七十二章
가출(家出)

　귀촉루를 출발한 태무악과 조철악은 한나절 동안 쉬지 않고 이백여 리를 달려서 산서성과 하북성의 경계를 이루고 있는 태행산(太行山)의 깊은 산속에서 일단 멈추었다.

　한나절 동안 계속 달린 이유는 혹시 있을지 모를 추적 때문이었다.

　추적이 두려운 것은 아니지만 꼬리를 달고 간다는 것은 여간 성가신 일이 아니다.

　일행이 멈춘 곳은 맑은 계류가 흐르는 상류의 어느 커다란 바위 안쪽이다.

계류가 흐르고 있는 앞쪽만 트였고 삼면이 바위로 막혀 있어서 천연의 은신처였다.

단예는 몸 여기저기에 자잘한 부상을 입었으나 생명에는 지장이 없고, 다만 독에 중독되어 있었는데 태무악이 쉽게 해독을 해줘서 지금은 바위 안쪽 구석에서 편안하게 깊이 잠들어 있는 상태였다.

무간구십구호 역시 태무악이 치료를 했다. 귀촉루를 출발하기 전에 응급조치를 해두었기 때문에 한나절이 지난 후에 본격적인 치료를 해도 별 탈이 없었다.

그는 가슴 한복판을 깨끗하게 관통당했기 때문에 심장이나 양쪽 폐를 다치지 않았고 단지 등뼈와 갈비뼈가 잘라졌을 뿐이다. 그것은 한동안 정양을 하면 자연히 치유가 될 터이다.

해독이 됐어도 아직 깨어나지 못하고 있는 단예하고는 달리 무간구십구호는 이곳으로 오는 도중에 깨어났다가 내려달라는 요구가 거절당하자 이후 조철악 등에 업힌 채 줄곧 운공조식을 했었다.

물론 치료를 하는 동안에도 그리고 지금까지도 또렷한 정신을 유지한 채 바닥에 책상다리로 앉아서 물끄러미 태무악을 주시하고 있었다.

"이제 어떻게 하겠느냐?"

이곳으로 오다가 산골 마을의 주루에 잠깐 들러서 산 몇 가

지 간단한 요깃거리와 술을 풀어 바닥에 놓으면서 조철악이
태무악에게 물었다.

깊은 생각에 잠겨 있던 태무악은 조철악의 물음에 비로소
상념에서 깨어나 반듯한 자세로 누워서 자고 있는 단예를 쳐
다보며 진중하게 대답했다.

"벽파도문으로 가봤으면 하는데 형님 생각은 어떻습니까?"

"나야 상관없다. 무악 네가 결정하면 따를 뿐이지."

"형님께선 그 문파가 어디에 있는지 아십니까?"

"알다 뿐이냐? 벽파도문주 단현림(單懸琳)하고는 풀어야 할
일도 있다."

"그렇습니까?"

태무악은 조철악이 벽파도문에 대해서 잘 알고 있다는 사실
에 조금 안심을 했다.

그러나 조철악이 벽파도문주 단현림은 물론이고 단유랑, 단
예 남매에게까지 살심을 품고 있다는 사실은 전혀 예상하지
못했다.

삼 년 반 전에 혈신마 조철악은 파천록을 지니고 있다는 이
유 때문에 천하무림의 맹추격을 받았었다.

무림의 정, 사, 마는 물론이고 천존의 명령을 받은 천중고수
들까지 추격에 가담을 했었다.

그 당시에 조철악은 무림연합세력과 회명자들의 잇따른 공

격에 중상을 입고 운하로 떠내려가다가 천행으로 태무악을 만나서 목숨을 건졌었다.

이후 그는 태무악을 찾아내서 은혜를 갚는 것과 자신을 추격했던 자들에게 복수하는 것을 생의 목표로 삼고 지난 삼 년 반 동안 천하를 주유하면서 실천에 옮겼다.

벽파도문주 벽파일도(碧波一刀) 단현림은 조철악이 지니고 있는 파천록에는 애초부터 관심이 없고, 오직 무림을 위해서 추격에 가담을 했었다.

처음에 그는 단유랑과 단예, 그리고 오십 명의 문하제자들을 이끌고 조철악을 추격했었으나 중도에 문파에 변고가 발생하여 단유랑 남매와 제자 이십 명을 남겨두고 서둘러 벽파도문으로 돌아갔었다.

그러므로 조철악의 복수 명단에는 당연히 벽파도문도 들어가 있다.

그런데 단유랑과 단예가 태무악과 밀접한 관계인 사실을 알고는 차마 그들을 죽이지 못하고 있는 중이다.

자신이 복수할 대상들에 대해서 완벽하게 파악해 둔 그가 어찌 벽파도문을 모를 수 있겠는가.

태무악이 벽파도문으로 가려는 이유는 단예를 데려다주는 것과 동시에, 귀촉루로부터 공격 위협을 받고 있는 벽파도문을 돕고 싶다는 생각 때문이다. 물론 그때까지 벽파도문이 무사하다면 말이다.

그는 벽파도문으로 가야겠다는 말을 해놓고 자신이 그런 결정을 내렸다는 사실에 내심으로 적잖이 의아하게 생각하고 있었다.

단유랑과 단예는 태무악을 만난 이후 모든 것을 팽개치고 따라나서 생사를 도외시한 채 맹목적이고도 전폭적인 도움을 아끼지 않았다.

태무악이 회명부와 대승방, 귀촉루를 급습하여 막대한 피해를 입히는 과정에서 단유랑 남매는 온몸을 내던져 도우려고 했으며 실제 적잖은 도움이 됐다.

아니, 도움의 유무를 떠나서 태무악은 그들의 헌신을 높이 평가하고 있는 것이다.

설사 그들이 조금도 도움이 되지 못했다고 해도 이제 와서 그들을 외면할 수는 없다는 생각이 들었다.

이런 식으로 태무악과 단유랑 남매의 인연의 끈이 이어지고 있지만, 정작 태무악은 그런 사실을 깨닫지 못하고 있었다.

그는 단지 단유랑 남매가 도움을 주었으니 자신은 그들에게 빚이 있으며, 그것을 갚지 못하면 찜찜하다, 라는 정도로만 생각하고 있었다.

조철악은 태무악 앞에 만두와 구운 오리고기를 먹기 좋게 늘어놓은 후 술 호리병을 내밀었다.

그는 평생 어느 누구에게도 이런 친절과 배려를 베풀어본
적이 없었다.

더구나 그는 자신이 태무악에게 얼마나 살갑게 구는지를 전
혀 깨닫지 못하고 있었다.

그저 태무악이 눈에 넣어도 아프지 않을 정도로 귀엽고 예
쁘기만 하기 때문에 무엇을 주어도 아깝지 않고 어떤 뒷바라
지를 해도 힘든 줄을 몰랐다.

태무악은 술을 벌컥벌컥 마신 후 술 호리병을 조철악에게
내밀었다.

조철악이 술을 마시고 음식을 우걱우걱 먹는 동안 태무악은
음식에는 손도 대지 않은 채 깊은 생각에 잠겨들었다.

한참을 먹다가 조철악이 그런 태무악을 발견하고 먹기를 그
치며 물었다.

"무악아, 무슨 고민이 있느냐?"

천천히 조철악을 쳐다보는 태무악의 얼굴에 얼핏 갈등의 기
색이 어렸다.

"형님."

"무슨 고민인지 다 털어놔 봐라."

조철악은 손에 묻은 음식 찌꺼기를 털어내면서 자세를 고쳐
앉았다.

태무악도 조철악 쪽으로 자세를 고쳐서 앉은 후 진중하게

입을 열었다.

"예전에 무간옥주인 염제가 그러더군요. 천존은 한 그루의 커다란 나무고, 무간옥이나 회명부, 귀촉루, 영밀루, 화라련 따위는 수만 개의 잎사귀에 불과하다고 말입니다."

"맞는 말이다. 천존은 그 정도로 엄청난 존재다."

조철악은 가볍게 눈살을 찌푸렸다.

"그렇다면 내가… 아니, 우리가 지금까지 한 일은 거대한 나무에서 나뭇잎 몇 개를 떼어낸 것에 불과합니다."

조철악의 눈살이 더 찌푸려졌다.

"인정하기 싫지만 네 말이 맞다. 그 정도로는 천존이 눈 하나 까딱하지 않을 게다. 우라질!"

"그래서 나는 나무줄기를 자르기로 했습니다."

"나뭇가지가 아니고 나무줄기?"

"네."

"그렇다면 태상사사자를 죽이겠다는 것이냐?"

"청룡사자는 죽었으니 태상삼사자입니다."

조철악은 고개를 끄덕였다.

"그렇지. 하지만 앞으로는 그때 같은 행운을 기대하지는 말아야 한다."

태무악이 청룡위사로 변신을 하여 청룡사자에게 접근, 급습으로 운 좋게 그를 죽인 것을 말하는 것이다.

태무악은 묵직하게 고개를 끄덕였다.

"압니다."

그는 두 손을 깍지 꼈다.

"태상삼사자를 곱게 죽이지는 않을 것입니다."

"놈들을 제압해서 천존의 정체가 무엇이며 어디에 숨어 있는지를 알아내겠다는 게로군?"

대부분의 사람들은 성격이 거칠지고 호탕불기(豪宕不羈)하면 반대급부로 두뇌를 사용하는 능력은 떨어진다.

처음에 태무악은 조철악을 그렇게 생각했었다. 그러나 시간이 지날수록 점차 생각을 바꿔야만 했다.

조철악의 두뇌 회전은 이따금씩 태무악을 놀라게 할 정도로 뛰어났던 것이다.

지금도 조철악은 태무악의 말 한마디에 깊은 속셈까지도 날카롭게 파악했다.

"그렇습니다."

조철악은 고개를 끄덕였다.

"좋은 방법이다. 그렇지만 그놈들이 순순히 입을 열겠느냐? 죽으면 죽었지 천존에 대해서는 함구할 것이다."

"알고 있습니다."

조철악은 태무악의 단호한 눈빛과 말을 마치고 굳게 다무는 입을 보고 그의 의도를 간파했다.

"너는 태상삼사자에게 제독치령법을 사용할 생각이로군."

"그렇습니다. 하지만 나는 안 됩니다. 치령술은 상대보다 공력이 높아야지만 가능합니다."

"그러냐? 그것 문제로군."

조철악은 이맛살을 좁혔다. 그도 태무악이 태상삼사자보다는 하수라고 생각하기 때문이다.

"태상삼사자를 제압하고 또 심문을 하려면 형님의 도움이 절대적으로 필요합니다."

그 말에 조철악은 기대 어린 표정을 지었다. 마치 어른에게서 무슨 선물을 받게 될까 잔뜩 기대하는 어린아이의 표정과 꼭 닮았다.

그는 자신의 도움이 '절대적으로 필요하다' 라는 태무악의 말에 무척 고무된 모습이다.

그렇지만 아직 조철악 같은 마음가짐이 되어 있지 않은 태무악은 몹시 조심스러운 표정이고 또 말을 꺼내기 어려워하고 있었다.

그게 답답해 보였는지 조철악이 성화를 부렸다.

"어서 말해봐라, 내가 어떻게 도우면 되는지를."

"그게⋯⋯."

경험이 풍부한 조철악은 태무악이 왜 머뭇거리는지 이유를 알아차리고 서운함이 파도처럼 엄습했다.

태무악이 도와달라는 말을 선뜻 꺼내지 못하는 것이라고 짐작한 것이다.

그것은 그가 조철악을 아직도 어느 정도는 남처럼 여기고 있다는 뜻이기도 하다.

그래서 섭섭한 것이다. 조철악은 지금이야말로 '자신과 태무악의 관계'를 바로잡아야 할 때라고 판단했다.

"무악아."

"네, 형님."

조철악의 목소리가 자신도 모르게 무겁게 가라앉자 태무악은 부지중 긴장한 표정을 지었다.

"나를 똑바로 봐라."

태무악은 이끌리듯 고개를 들어 조철악을 쳐다보았다. 조철악의 얼굴은 바위처럼 단단하게 굳은데다 약간 붉게 상기되어 있었다.

"우리는 서로의 팔뚝을 그어 피를 흘려서 술잔에 섞어 나누어 마셨다. 너는 그것이 무엇을 의미하는지 아느냐?"

불과 며칠 전에 의형제의 의식을 맺었던 일이 생생하게 태무악의 머리에 떠올랐다.

"나와 형님이 한 몸이 된다는 의미가 아닙니까?"

태무악의 대답에 조철악은 쉴 틈도 주지 않고 다그쳤다.

"너는 어느 곳으로 갈 때 너의 다리에게 도와달라고 부탁하느냐? 그리고 무엇을 먹을 때는 입에게, 무공을 펼칠 때마다 두 팔에게 일일이 부탁을 하느냐?"

"……."

"네 몸에 붙어 있는 팔다리에게 부탁을 하느냐고 물었다."

조철악의 얼굴이 엄숙해졌다.

태무악은 바보가 아니다. 조철악이 무슨 말을 하려는지 즉시 깨닫고 가슴이 울렁거렸다.

"그렇지 않습니다."

그가 사과를 하려는데 조철악의 꾸중이 계속됐다.

"두 사람의 피를 술잔에 섞어서 나누어 마신다는 것은 한 몸이 된다는 뜻도 있지만 더 깊은 뜻이 있다. 서로의 전생과 현생, 후생의 삼생에 걸쳐서 형제가 된다는 굳은 맹세라는 말이다. 그 말은 즉, 영원히 형제가 된다는 것이지."

"아……."

까맣게 모르고 있던 것을 깨달은 태무악은 자신도 모르게 나직한 탄성을 흘렸다.

조철악의 질책은 거기에서 끝나지 않았다.

"피를 나누어 마시면서 나는 한날한시에 우리가 죽을 것이라고 맹세했고, 너는 나를 유일한 가족인 의형으로 맞이하겠다고 맹세했었다."

태무악이 몸둘 바를 몰라 전전긍긍하는데도 조철악은 마지막 쐐기를 아예 그의 심장에 깊이 박았다.

"그런데도 너는 한낱 도와달라는 말을 하지 못해서 쩔쩔매고 있구나. 이것은 우리가 결의형제가 아니라 차라리 남이라는 뜻이 아니냐?"

미안함으로 태무악의 얼굴이 붉게 상기되었다. 그는 조철악과 결의형제의 예를 올릴 때 분명히 그렇게 맹세했었고 또 그 당시 자신의 솔직한 심정이었다.

그러나 태무악이 부탁을 하지 못해서 머뭇거리는 것은 태어나서 이날까지 누구에게 도움을 청한 적이 없어서 어색해서 그러는 것이지 조철악을 남처럼 여겨서가 아니다.

어찌 됐든 조철악의 마음을 상하게 했으니 잘못은 잘못이다. 태무악은 깊숙이 머리를 숙였다.

"죄송합니다, 형님. 이제부터는 그러지 않겠습니다."

고개 숙인 태무악을 보는 조철악의 입가에 흐뭇한 미소가 피어났다. 하지만 그는 그를 즉시 용서하지 않았다.

"너와 나는 무엇이냐?"

태무악은 고개를 숙인 채 대답했다.

"한 몸입니다."

"형제끼리는 도움이나 부탁을 하지 않는다. 그럼 뭐라고 하느냐?"

"그냥 하자고 말합니다."

조철악의 얼굴에 웃음이 점점 짙어졌다. 그러나 목소리는 여전히 엄숙했다.

"우리는 각자 다른 날에 태어났으나."

"한날한시에 죽을 것입니다."

"됐다. 이후로는 두 번 다시 이런 말을 하지 않겠다."

"알겠습니다."

이윽고 고개를 든 태무악은 조철악이 환하게 웃고 있는 것을 보고 빙그레 미소를 지었다.

조철악은 술 호리병을 집어 입으로 가져가며 말했다.

"이제 얘기해 봐라. 내가 뭘 어떻게 하면 되느냐?"

태무악은 조금 전처럼 머뭇거리지 않고 즉시 대답했다.

"태상삼사자를 제압할 수 있도록 도와주십시오."

"도와달라는 말은 하지 않기로 하지 않았나?"

조철악은 술을 마시다가 뚝 멈추고 그렇게 말하더니 짐짓 불쾌하다는 듯한 동작으로 다시 벌컥벌컥 마셨다.

태무악은 엷은 미소를 지었다.

"형님, 우리 함께 태상삼사자를 제압합시다."

"오～냐! 껄껄껄! 그러자꾸나!"

조철악은 얼마나 기분이 좋은지 먹던 술을 막 튀기면서 큰 소리로 웃어댔다. 누군가 그 소리를 듣고 달려오거나 말거나 상관하지 않았다.

태무악도 덩달아 기분이 좋아졌다. 부탁이 아니라 그냥 함께하자고 말하고 조철악이 흔쾌히 수락하니까 둘 사이가 훨씬 가까워진 듯한 기분이 들었다.

"그리고 내가 형님에게 치령술을 가르쳐 줄 테니까 형님이 태상삼사자의 심지를 제압하십시오."

태무악은 태상삼사자보다 공력이 약하기 때문에 치령술을 사용하는 것이 불가능하지만 조철악은 그들보다 고강하기 때문에 가능하다고 여긴 것이다.

"엉? 그런 기발한 방법이 있었구나!"

조철악은 적잖이 감탄하는 표정을 짓더니 곧 크게 고개를 끄덕였다.

"알았다! 허허헛! 이거 일이 술술 풀리는구나!"

그는 연신 너털웃음을 터뜨리면서 술 호리병을 내밀었다.

"껄껄껄! 자! 얘기 끝났으니까 이제 먹고 마시자!"

"그럽시다, 형님. 하하하!"

웃음이 전염됐는지 태무악도 유쾌하게 웃었다. 웃다가 그는 자신이 이렇게 기분 좋게 웃는 것은 태어나서 처음일 것이라는 생각이 들었다.

웃음이란 것은 참 좋았다. 가슴속이 후련해지고 정신이 맑아지는 것 같았다.

태무악은 웃으면서 조철악을 쳐다보았다. 호방하게 웃고 있는 그를 보자 더 웃음이 나왔다. 가슴 저 밑바닥에서부터 솟아오르는 정말 흡족한 웃음이었다.

무간구십구호는 언제 운공조식을 끝냈는지 아까부터 눈을 뜨고 태무악과 조철악을 물끄러미 응시하고 있었다.

그의 눈에는 묘한 빛이 가벼이 일렁이고 있었는데, 세속에서는 그런 눈빛을 '부러움' 이라고 한다.

＊　　　＊　　　＊

낙엽이 붉고 누렇게 물든 산의 풍경은 그야말로 조물주가 심혈을 기울여서 화폭에 그림을 그려놓은 듯 절경을 이루고 있었다.

그 완만한 산언덕의 중턱에 한 채의 고풍스러운 장원이 마치 산의 일부인 듯 위치해 있었다.

장원의 전문이나 오래된 담의 틈과 위에는 풀이 누렇게 뒤덮여 있어서 언뜻 보면 폐가인 듯했다.

태극신문(太極神門).

전문 위 낡은 편액에는 그런 용비봉무한 필체의 색 바랜 네 글자가 적혀 있었다.

십여 채의 평범한 전각으로 이루어진 평범한 장원의 모습과 태극신문이라는 거창한 이름은 왠지 잘 어울리는 것 같지가 않았다.

"이얍!"

"하앗!"

그때 낡은 전문 너머 장원 안쪽에서 우렁찬 기합 소리가 터져 나왔다.

기합 소리는 멀리까지 퍼져 나가 메아리가 되어 온 산에 산명곡응(山鳴谷應)했다.

전문 안쪽 제법 넓은 마당에는 이십여 명의 청년이 새하얀 무복을 입고 손에는 목검을 움켜쥔 채 열심히 검법 수련을 하고 있었다.

그들 이십여 명의 청년이 이곳 산중에 위치한 태극신문의 문하제자 전부이다.

또한 그들이 문파에 납부하는 일 년치 교습료 은자 오십 냥으로 태극신문이 운영되고 있었다.

태극신문 문하제자들은 한결같이 십대 후반에서 삼십대 초반의 나이에 정기가 넘치고 훤칠하며 다부진 체구에 태양혈(太陽穴)이 불쑥불쑥 솟아 있는 모습이다.

그들이 목검을 휘두르는 자세는 마치 한 명이 움직이는 것처럼 절도있고 정확했다.

또한 목검인데도 날카로운 파공음이 허공을 진저리치게 만들고 있었다.

하지만 그들이 전개하고 있는 검초식은 그다지 위맹하거나 날카롭게 보이지 않았다.

그런데 이십여 명의 청년 한복판에서 긴 머리카락을 흩날리면서 목검을 휘두르고 있는 단 한 명의 여자의 모습이 보였다.

그녀 역시 산뜻한 백의무복을 입었는데 이제 십육칠 세쯤으로 보이는 앳된 소녀였다.

다른 청년들에 비해서 체구도 작고 왜소하며 가냘픈 소녀지만 목검을 휘두르는 동작은 추호의 흐트러짐이 없다.

그런데 소녀의 미모가 너무도 출중했다. 이십여 명의 청년 속에서 홀로 눈부신 빛을 발하고 있어서 자연히 눈에 띄는 존재였다.

소녀는 관능적이라거나 요염하고는 거리가 멀었다. 한겨울 눈 속에서 홀로 피어나 고고하고 청순한 자태를 풍기는 한 떨기 매화 같은 분위기를 지녔다.

너무 연약하게 보여서 들고 있는 목검조차도 무거울 듯했으나 소녀는 씩씩하게 초식을 전개하고 있었다.

이십여 명의 청년 앞에는 한 명의 중년인이 그들을 마주 보는 자세로 지도를 하고 있었다.

사십칠팔 세 나이에 반 뼘 길이의 검은 수염을 기르고 역시 백의무복을 입은 학자처럼 청수한 용모였다.

그는 뒷짐을 지고 우뚝 서서 이따금씩 초식명을 대면서 청년들을 주시하고 있었다.

딸랑딸랑.

그때 어디선가 나직하고 맑은 방울 소리가 들려왔다. 수련 종료를 알리는 신호다.

"그만!"

그러자 중년인이 검법 수련을 멈추었다.

"오후에는 기공 연마를 하겠다. 모두 점심 식사를 하러 가자."

그의 말에 이십여 명의 청년은 중년인을 향해 포권을 하며 공손히 허리를 굽혔다.

"수고하셨습니다! 사부님!"

중년인은 이곳 태극신문의 사범인 사도헌(司徒軒)이다.

"아버님, 대사형은 언제 돌아오나요?"

점심 식사를 하다가 소녀가 불쑥 사도헌에게 물었다.

소녀는 사도헌의 무남독녀인 사도옥(司徒玉)이다.

식탁에는 단출하게 세 사람이 둘러앉아 식사를 하고 있었다. 사도헌과 부인 혜씨(惠氏), 그리고 사도옥이며 이들은 한 가족이다.

원래 이 년 반 전까지만 해도 사도옥이 친오라버니 이상으로 따르는 대사형까지 네 사람이 식사를 했었다.

"글쎄다. 때가 되면 돌아오겠지."

사도헌은 식사를 하면서 자상한 미소를 지으며 대답했다.

"떠난 지 이 년 반이나 지났는데……."

사도옥은 젓가락을 내려놓으며 풀죽은 표정을 지었다. 원래 그녀는 워낙 말이 없는데다 속내를 겉으로 표현하지 않아서 부모가 걱정을 할 정도였다.

그런데 지금은 실로 오랜만에 말을 하고 또 속내를 꺼내놓고 있었다.

사도옥이 말을 하자 어머니 혜씨는 반가운 표정으로 맞장구를 쳤다.

"성아가 보고 싶은 게냐?"

"네."

사도옥은 고개를 숙이고 옷자락을 만지작거리다가 이윽고 용기를 내서 아버지를 바라보았다.

"대사형에게 이제 그만 돌아오라고 아버님께서 서찰을 보내면 안 될까요?"

혜씨는 남편을 바라보았다. 제발 딸의 부탁을 들어주라는 표정이 얼굴에 역력히 떠올랐다.

대사형. 즉, 태극신문의 대제자인 그가 있을 때에는 그나마 사도옥이 말도 제법 하면서 이따금 소리를 내어 명랑하게 웃기도 했었다.

태극신문 내에서 사도옥이 유일하게 따르면서 친한 사람은 대제자 하나뿐이었다. 어떤 면에서는 부모보다도 더 대제자를 좋아하는 듯했다.

이 년 반 전에 대제자는 태극신문을 떠나 강호 경험을 쌓은 후에 돌아오겠다면서 사부에게 청을 했고, 사부가 허락하여 그 다음날에 길을 나섰었다.

사도옥은 그때 겨우 열네 살이었다. 소심한데다 몹시 내성적인 성격인 그녀는 우울한 얼굴로 대사형을 배웅했으나 가지 말라고 붙잡지는 않았었다.

어린 생각에 대사형이 길어야 서너 달이면 돌아올 것이라고 혼자 생각하고는 그동안 외로워도 꾹 참자고 스스로를 위로했던 것이다.

그런데 대사형이 이 년 반이 지나도록 돌아오지 않을 줄이야 어찌 알았겠는가.

이제 사도옥은 대사형이 너무나도 보고 싶어서 병이 날 지경이었다.

아니, 실상은 이미 깊은 병이 든 상태라서 몇 달은커녕 며칠도 더 견디지 못할 터였다.

사도옥보다 일곱 살이나 많은 대사형은 그녀가 아주 어릴 때부터 큰오라버니 혹은 삼촌처럼 매사에 그녀를 돌보고 가르치며 이끌어주었다.

그녀는 하루 종일 대사형 꽁무니만 졸졸 따라다녔으며, 대사형은 귀찮아하지도 않고 그녀를 무등도 태우고 업기도 하고, 심지어 열두어 살 때까지 목욕을 시켜주기도 했었다.

그런 대사형을 무려 이 년 반이나 보지 못했으니 병이 나는 것도 무리가 아니다.

"돌아올 시기는 할아버지께서 정하시는 일이니 아비는 관여할 수 없단다."

부친의 말에도 사도옥은 포기하지 않았다.

"그렇다면 할아버님께 부탁하겠어요."

"할아버지를 귀찮게 해서는 안 된다."

사도헌의 얼굴이 약간 엄숙해지는 것을 보고 사도옥은 더 이상 말하지 않고 입술을 꼭 깨물었다.

식사 후, 사도옥은 태극신문의 뒤뜰로 갔다.

그곳에는 꽤 넓고 무성한 죽림이 있는데 그 안쪽에 있는 아담한 모옥에 그녀의 조부이며 태극신문의 문주인 사도중천(司徒中天)이 기거하고 있었다.

사도옥은 죽림 앞에 이르러서 걸음을 멈추고는 고개를 들어 오솔길 입구 위쪽에 높이 걸려 있는 자그마한 편액을 올려다보았다.

한 아름 굵기의 굵은 청죽을 절반으로 쪼개어 만든 편액에는 그녀의 할아버지가 직접 새긴 웅혼한 세 글자가 각인되어 있었다.

소양거(霄壤居).

그녀는 편액에서 시선을 거두고 죽림 사이로 난 오솔길을 사박사박 걸어 들어갔다.

그녀의 가녀린 모습이 청죽에 가려져서 보이지 않게 되고 얼마 후에 죽림 안쪽에서 노인의 자상한 웃음소리가 흘러나왔다.

"헛헛헛! 우리 옥아가 할아비를 찾아오다니, 오늘은 해가 동쪽으로 지겠구나!"

그로부터 일 각 후에 사도옥은 눈물을 흘리면서 죽림에서 달려나왔다.

대사형의 사부인 할아버지는 사도옥의 부탁을 일언지하에 거절했다.

해질 무렵부터 태극신문이 술렁거리기 시작했다.

그러더니 사위가 완전히 어두워지고 나서는 사도헌과 혜씨까지 전문 밖으로 나가 서성거렸다.

점심 식사 후에 마을에 다녀오겠다며 산을 내려간 사도옥이 아직까지 돌아오지 않고 있는 것이다.

전문 밖에서 딸을 기다리던 사도헌은 급기야 문하제자들을 이끌고 직접 산을 내려갔다.

그러나 그는 끝내 딸을 찾지 못했다.

사도옥은 그날 밤에 돌아오지 않았다.

그리고 다음날도 그 다음날도, 그렇게 속절없이 열흘이 넘도록 태극신문으로 돌아오지 않았다.

열흘 전, 점심 식사 때 보았던 딸의 모습이 부모의 기억에서 아슴아슴해지도록 그녀가 돌아오지 않을 줄이야 그때는 아무도 생각하지 못했었다.

第七十三章

정표(情表)

대무신
大武神

태행산을 떠난 지 엿새 만에 태무악과 조철악 등은 안휘성 합비에 도착했다.

출발 이틀 만에 단예가 깨어났지만 완전히 치유가 되지 않은 상태라서 이곳 합비까지 태무악이 줄곧 업고 왔다.

벽파도문은 안휘성에서 가장 세력이 크고 강성한 일곱 개의 방, 문파, 즉 안휘칠세(安徽七勢) 중의 하나다.

이곳으로 오는 도중에 단예는 태무악에게서 벽파도문이 위험에 처했으며 단유랑과 강탁이 먼저 달려갔다는 설명을 듣고 초조함을 떨치지 못했었다.

그리고 태무악 등이 합비에 도착할 때까지 벽파도문이 무사하기만을 간절히 빌었다.

일행이 합비성 안으로 들어가자마자 단예는 첫 번째로 마주친 행인을 붙잡고 벽파도문에 대해서 물어보았다.

행인은 단예를 알아보지는 못하고, 벽파도문이 합비성에서 얼마나 유명하고 명망 높은 문파인지를 장황하게 설명하느라 입에서 침을 튀겼다.

단예는 일단 안심하고 가슴을 쓸어내렸다. 벽파도문에 무슨 일이 생겼다면 행인이 그런 쓸데없는 설명을 늘어놓을 리가 없다고 생각한 것이다.

"내려주세요."

성안에까지 태무악에게 업혀서 들어온 단예가 약간 몸을 뒤치면서 부탁했다.

태무악이 내려주자 그녀는 약간 비틀거리다가 태무악의 어깨를 붙잡고 균형을 잡으려고 애썼다.

그녀는 태행산에서 이곳까지 장장 엿새 동안이나 태무악의 등에 업혀서 왔다.

출발하고 이틀 동안은 혼절한 상태였으나 나머지 나흘은 깨어 있었다.

독 기운이 아직 체내 혈류 속에 미진하게나마 남아 있기 때문에 땅을 딛고 똑바로 서지 못하는 상태였다.

그것은 태무악으로서도 어쩌지 못한다. 그녀의 몸이 스스로 정화 작용을 거쳐서 조금 남은 독 기운을 몸 밖으로 배출할 때까지 기다릴 수밖에는 없다.

몸은 움직이지 못하지만 정신은 말짱했으며 또한 몸의 감각도 생생했다.

그런 상태에서 평소 단예가 존경하고 흠모해 마지않는 태무악의 등에 나흘 동안이나 업혀 있었으니 그 흥분과 긴장이 오죽했겠는가.

그녀는 태무악의 행동이 불편하지 않도록 두 팔을 그의 양쪽 겨드랑이 아래로 넣어 가슴을 꼭 안았으며, 두 다리를 활짝 벌려 그의 허리를 안았다.

그런 자세이기 때문에 그녀의 풍만한 젖가슴은 어쩔 수 없이 태무악의 등에 잔뜩 짓눌렸고, 음부의 도도록한 둔덕은 그의 등허리에 밀착될 수밖에 없는 상태였다.

또한 태무악의 커다란 왼손이 그녀의 풍만한 엉덩이를 온통 덮은 채 받치고 있었다.

처음에 깨어나서 그런 상황을 깨달았을 때 단예는 너무 놀라고 부끄러워서 태무악의 등에 뺨을 묻은 채 가늘게 몸만 떨고 있었다.

그러나 시간이 흐르자 차츰 부끄러움이 가시고 그 대신 묘한 흥분이 그녀의 온몸과 마음을 지배했다.

가문이 풍전등화의 위기에 처한 것 때문에 까맣게 타들어 가던 마음은 태무악의 등에 업혀 있는 덕분에 적지 않은 위로(?)를 받을 수가 있었다.

"아……."

단예가 끝내 제 발로 서지 못하고 쓰러질 듯이 비틀거리자 태무악이 그녀의 허리를 안고 무간구십구호에게 말했다.

"네가 업어라."

"……!"

일부러 비틀거린 것은 아니지만 그래도 자신이 걷지 못하게 되면 당연히 태무악이 업어줄 것이라고 예상하고 있던 단예는 깜짝 놀라는 표정을 지으며 그의 얼굴을 쳐다보았다.

그러나 태무악은 그녀에게는 신경도 쓰지 않고 그대로 전면을 지그시 주시하고 있을 뿐이다.

그때 조철악이 태무악에게 넌지시 말했다.

"무악아, 이제 웬만하면 변체환용술은 전개하지 마라. 나는 너의 잘생긴 얼굴을 보지 못하는 것이 싫구나."

"알겠습니다."

그렇지 않아도 막 구당림의 얼굴로 변신을 하려던 태무악은 조철악을 보며 빙그레 엷은 미소를 지었다.

그 모습을 바라보던 단예는 태무악이 자신을 위해서 저런 미소를 한 번이라도 지어줬으면 좋겠다는 생각이 들어 마음이 쓸쓸해졌다.

그때 무간구십구호가 단에 앞으로 걸어와서 등을 보인 채 우뚝 섰다.

단예는 무간구십구호가 누군지 모르기 때문에 낯선 사내 등에 선뜻 업히는 것이 내키지 않았다.

아니, 태무악 이외의 남자에겐 업히고 싶지 않은 것이 솔직한 심정이다.

설혹 오라버니인 단유랑이라고 해도 남녀유별을 내세워 마다하고 싶은 그녀다.

그런데 무간구십구호는 그녀가 업히기 편하도록 앉아서 등을 내미는 것도 아니고 그저 뻣뻣하게 서 있을 뿐이라서 단예는 어쩔 줄 몰라 그냥 우두커니 서 있었다.

그런데 태무악과 조철악은 그녀의 마음 따윈 아랑곳하지도 않은 채 빠른 걸음으로 대로를 걸어가기 시작했다.

그것을 보고 무간구십구호가 그녀를 돌아보며 툭 내뱉었다.

"빨리 업혀라."

도저히 태무악이 아닌 다른 남자에게 업힐 엄두가 나지 않는 단예는 입술을 꼭 깨물었다.

"그냥 걸어가겠어요."

그러자 무간구십구호는 뒤도 돌아보지 않고 쏜살같이 태무악을 뒤따라 달려갔다.

혼자 서 있는 것조차 힘에 겨운 단예는 어떻게든 걸어보려
고 입술을 꼭 깨문 채 힘주어 첫발을 내디뎠다.

휘청.

"아!"

그러나 그녀는 한 걸음도 걷지 못하고 그 자리에 주저앉고
말았다.

한참 걷던 태무악은 단예에게 길을 물어보려고 뒤를 돌아보
다가 그제야 무간구십구호 혼자 덜렁거리며 따라오는 것을 발
견했다.

어찌 된 일인지는 모르지만 단예 없이는 벽파도문을 찾아가
는 의미가 없다.

그녀가 아직 온전치 못한 상태라는 걱정 같은 것은 눈곱만
큼도 들지 않았다.

"가서 데리고 와라."

태무악의 말에 무간구십구호는 투덜거리지도 짜증을 내지
도 않고 쏜살같이 왔던 길을 되돌아갔다가 잠시 후에 나는 듯
이 달려왔다.

그런데 그는 단예의 머리가 뒤쪽으로 향하게 어깨에 걸쳐
멘 모습이다.

그녀가 업히지 않으려고 고집을 부리자 강제로 덥석 메고
온 것이다.

낯선 남자에게 업히지 않으려던 그녀는 이상한 자세로 어깨에 떠메어져서 그 남자의 한 손이 엉덩이를 움켜잡도록 허용할 수밖에 없는 처지가 됐다.

일행이 벽파도문에 도착했을 때에는 땅거미가 어둑어둑 깔리기 시작했다.

벽파도문은 합비성 내 번화가의 대로변에 위치해 있었다.

단예의 말에 의하면 벽파도문은 일몰 시까지 상시 전문을 활짝 열어두는데 지금은 전문이 굳게 닫혀 있었다.

아마도 단유랑이 도착하여 귀촉루의 습격 소식을 전했기 때문일 것이다.

또한 벽파도문 전체에서 팽팽한 긴장감이 흘러나오는 것을 생생하게 느낄 수 있었다.

"예아!"

단예가 돌아왔다는 보고를 받은 단유랑과 문주 단현림이 마당으로 달려나오고 간부 급들이 뒤를 따랐다.

그러나 단유랑과 단현림은 단예에게 곧장 달려가지 않고 태무악과 조철악 앞에 멈추어 섰다.

전문을 지키고 있던 문하제자는 단유랑 등이 있는 전각으로 달려들어 와서 단예가 낯선 남자 세 명과 함께 왔으며, 한 남자가 그녀를 어깨에 메고 있다는 보고를 해서, 단유랑은 동행한 남자들이 태무악과 조철악 등일 것이라고 부친 단현림에게 귀띔을 해주었다.

단현림은 혈신마 조철악이 얼마나 고강하고 또 포악한 인물인지 잘 알고 있었다.

또한 자신과 단유랑 남매, 벽파도문이 삼 년 반 전에 혈신마를 죽이려고 추적했던 일 때문에 그가 앙심을 품고 있을 것이라고 생각했다.

귀촉루의 습격이 문제가 아니라 그보다 더 무서운 혈신마가 느닷없이 나타난 것이다.

그런데 단유랑은 별일 없을 것이라고 부친을 설득했다. 그는 태무악과 혈신마가 결의형제라는 사실을 알고 있다.

그렇기 때문에 혈신마가 벽파도문에 해코지하는 것을 태무악이 그냥 가만히 보고만 있지는 않을 것이라고 좋은 쪽으로 생각했다.

혈신마가 과거에 어떤 인물이었든 지금은 태무악의 의형이고 또 단유랑이 지켜본 바에 의하면 혈신마는 태무악의 말에 잘 따라주는 것 같았다.

태무악은 신풍혈수로서 천추부림을 비롯하여 천존의 만행을 지탄하고 있는 수많은 무림인들에게 태양 같은 존재이다.

혈신마는 과거에 악행을 산처럼 많이 저질렀으나 태무악의 의형이 되었으니 그것을 덮어주어도 될 것이라는 게 단유랑의 생각이다.

또한 실제로 조철악은 태무악을 도와 회명부와 대승방을 공격하여 막대한 피해를 입히지 않았는가.

그리고 단유랑이 산서성을 떠나오기 전에 태무악과 조철악이 귀촉루로 향하고 있었으므로 모르긴 해도 귀촉루 역시 무사하지는 못할 것이다.

과거보다는 미래를, 절망보다는 희망을 더 높이 평가하고 생각하는 사람이 바로 단유랑이라는 반듯한 청년이다.

그는 조철악에게 먼저 포권을 하며 정중히 허리를 굽혀 예를 취했다.

"어서 오십시오, 선배님."

당금 무림 정파의 후기지수 중에서도 단연 손꼽히는 단유랑에게 '선배님'이라는 호칭을 들었지만 혈신마는 영 마뜩찮은 표정으로 대꾸도 하지 않았다.

그때 옆에 서 있는 태무악이 슬쩍 자신을 쳐다보자 혈신마는 잘못을 저지르다가 들킨 아이처럼 움찔했다.

그리고는 누가 보더라도 과장된 너털웃음을 터뜨리며 크게 고개를 끄덕여 보였다.

"어헛헛! 오냐! 잘 있었느냐, 꼬마야?"

기대하지도 않았던 혈신마의 답례를 받은 단유랑은 기쁜 표정으로 다시 공손히 화답했다.

“선배님 덕분에 벽파도문은 무사합니다. 만약 선배님께서 이곳에 계신 것을 귀촉루가 알게 되면 공격은 고사하고 꽁지가 빠지게 도망칠 것입니다.”

단유랑의 치켜세움에 조철악은 기분이 좋아져서 어깨가 절로 으쓱거렸다. 옛말에 칭찬은 고래도 춤을 추게 만든다고 하지 않던가.

“으헛헛헛! 귀촉루 귀신껍데기 같은 놈들이 온다고 해도 너는 아무 걱정도 하지 마라! 내가 놈들의 모가지를 모조리 꺾어주마! 으헛헛!”

조철악은 어깨를 들썩이면서 웃다가 자신을 바라보며 빙그레 미소 짓고 있는 태무악을 발견하고는 덧붙였다.

“크흠! 무악하고 둘이서.”

단유랑은 일단 혈신마를 다독이는 데 성공했다 여기고 이윽고 태무악에게 포권을 하며 미소를 지었다.

“태 형, 먼 길에 애쓰셨습니다.”

“귀촉루는 어찌 됐느냐?”

태무악은 역시 그답게 거두절미 본론부터 물었다.

하지만 단유랑은 이제는 그런 것에 이력이 나서 아무렇지도 않았다.

오히려 태무악이 단예를 구해왔을 뿐만 아니라, 벽파도문을 도우려고 불원천리 달려와 주었다는 사실에 대해서 감격해 마지않았다.

"아직 아무런 기미도 보이지 않습니다. 다행히 제가 일찍 도착했기 때문에 본 문을 제외한 안휘육세에게 연락을 취해서 대비책을 세워두었습니다."

"어떤 대비책이냐?"

"안휘육세에게 본 문이 천추부림에 가담했다는 것과, 귀축루가 천존의 하수인이며 여태껏 수많은 무림의 방, 문파들을 멸문시켰으며, 이번에는 본 문을 제물로 삼아 곧 급습할 것이라는 사실들을 설명했습니다."

"그들이 믿더냐?"

단유랑은 부친 단현림을 가리키면서 확신하는 듯한 표정을 지었다.

"아버님께선 안휘성에서 명성과 덕망이 높고 영향력이 있으시기 때문에 모두들 믿어주었습니다."

"믿어주었다고?"

태무악은 입속으로 중얼거리다가 불쑥 단현림에게 물었다.

"당신은 아들에게 무슨 말을 들었소?"

서로 인사도 나누기 전에 이런 식으로 묻는 것은 예의에 어긋나는 일이다.

"귀하가 신풍혈수라는 사실과 천존을 원수로 여기고 있다는 것. 귀하가 여태껏 천중신군에게 했던 일들과 이번에 산서

성에서 회명부와 대승방을 괴멸시키고 또 귀촉루를 급습할 것
이라는 것 등을 들었소.”

만약 태무악이 벽파도문에 올 것이라는 사실을 미리 알았더
라면 단유랑은 부친에게 그의 성격에 대해서 자세히 설명을
하고 혹시 그가 결례를 범하더라도 이해하라는 양해를 미리
구해두었을 것이다.

“그 말을 믿었소?”

태무악의 물음은 잘 드는 비수 같았다. 거두절미 앞뒤를 다
잘라 버리고 핵심만 물었다.

태무악이 무심한 눈빛으로 쏘는 듯이 쳐다보는 것이 아니더
라도 단현림은 원래 올곧고 직선적인 성품이라 거짓말을 하지
못한다.

“믿기 어려웠소. 그러나 아들이 거듭 설명하고 또 아들의 말
이기에 결국 믿기로 했소.”

태무악은 이번에는 단유랑을 쳐다보았다.

“그런데 그들이 네 말을 믿을 것 같으냐?”

단현림조차 아들의 말이기 때문에 믿었다는데 다른 사람들
이 너의 말을 믿겠느냐는 뜻이다.

“그들은 정예고수를 선발하여 본 문에 보내기로 했으며 합
비성 안팎을 삼엄하게 경계하여 수상한 자를 발견하면 즉시
알려주기로 약속했습니다.”

단유랑의 얼굴에는 안휘육세를 믿고 싶어하는 표정이 역력하게 떠올라 있었다.

"그 약속이 지켜지기를 바라겠다."

태무악은 가볍게 고개를 끄덕였다.

순서가 바뀌었지만 단유랑은 부친을 태무악과 조철악에게 소개했다.

"아버님이십니다."

단현림은 두 사람에게 두루 포권을 해 보이며 가볍게 고개를 숙였다.

"단현림이오."

태무악과 조철악은 우뚝 선 채 단현림을 힐끗 한 번 쳐다보고는 가타부타 말없이 시선을 거두었다.

단유랑은 이런 상황을 예상했었으나 막상 현실로 드러나자 씁쓸한 기분이 들어서 슬쩍 부친의 표정을 살폈다.

염려한 것과는 달리 부친은 언제나처럼 온화한 표정을 짓고 있었다.

단유랑이 평소에 알고 있는 부친은 외유내강(外柔內剛)의 성품이다.

겉으로는 한없이 부드럽고 모든 사람을 예로써 대하지만 속은 강철처럼 단단하다. 무림에 얼마 되지 않는 진짜 골수 의협인인 것이다.

이윽고 모든 절차가 끝났다고 판단한 단유랑은 비로소 무간
구십구호의 어깨에 메어져 있는 단예에게 시선을 주었다.

단예는 얼굴이 뒤쪽으로 향해진 자세로 눈을 뜨고 있었으며
정신은 말짱하지만 자신이 나설 차례가 아니라서 잠자코 기다
리고 있었다.

단유랑과 단현림은 단예의 엉덩이만 볼 수 있는 상황이라서
그녀가 어떤 상태인지 알 수가 없었다.

"누이동생을 내려주겠소?"

무간구십구호는 태무악이 가볍게 고개를 끄덕이는 것을 보
고 허리를 굽혀 단예의 발이 땅에 닿게 했다.

뒷모습을 보이고 있는 상태인 단예가 몸을 돌리려다가 크게
휘청거리자 단유랑이 급히 그녀를 부축했다.

"예아."

"오라버님, 아버님."

단유랑과 단현림을 바라보는 그녀는 마침내 집에 돌아왔다
는 안도감 때문에 참았던 눈물을 흘렸다.

태무악과 조철악, 무간구십구호는 벽파도문에서 고관배
련(高冠陪輦)의 극진한 대접을 받았다.

그들은 앞으로의 계획에 대해서 의논을 하는 도중에 태무악
이 조철악에게 치령술을 가르쳤다.

치령술은 매우 까다로운 수법이기는 하지만 조철악은 우둔한 편이 아니라서 두어 시진 만에 구결을 외웠다.

이제는 틈틈이 구결에 따라서 공력을 운기하면서 치령술을 연마하고 또 실전에서 자주 사용하는 일이 남았다.

사실 치령술은 체내에서 구결에 따라 공력을 운기하는 과정이 매우 어렵다. 그것만 성공하면 구 할은 성공했다고 볼 수 있다.

태무악이 조철악에게 치령술의 구결을 가르치는 것을 무간구십구호는 꼿꼿하게 앉아서 묵묵히 응시하기만 했다.

그가 치령술의 원본인 제독치령법을 이미 터득했는지는 알 수가 없다.

태무악의 사부나 다름이 없는 대방찰은 그에게 수많은 무공들을 전수했으나, 아방나찰들이 무간자들에게도 그런 것들을 가르쳤는지에 대해서는 모른다.

태무악과 조철악이 구체적인 계획을 짜면서 번번이 부딪치는 문제가 하나 있었다.

그것은 절대적인 힘의 열세다. 태무악이 신풍혈수로서 명성을 떨치고, 절정고수인 조철악이 전력으로 돕는다고는 하지만 천존과 천중신군에 비해서는 형편없는 열세에 놓여 있는 것이 엄연한 현실이었다.

천존이 거대한 태산이라면 태무악과 조철악은 두 알의 모래에 불과했다. 인정하기는 싫지만 그것은 어쩔 수 없는 냉엄한 사실이었다.

모래알이 아무리 강하다고 해도 태산을 허물지는 못한다.

단유랑이나 강탁, 삼풍호개 등이 돕는다고 해도 크게 달라질 것은 없다.

그런 절대적인 힘의 열세라는 문제에 부딪칠 때마다 태무악과 조철악은 난감하면서도 애써 서로를 위로했다.

그날 밤은 예상하던 귀촉루의 습격 없이 무사히 지나갔다.

다음날 아침, 태무악은 이른 새벽에 일어나 운공조식을 한 후에 목욕을 하고 나왔다.

탁자 위에는 하녀가 갖다놓은 한 벌의 깨끗한 흑의경장이 놓여 있었다.

태무악이 흑의만을 즐겨 입는다는 사실을 알고 있는 단예가 하녀를 시켜 갖다놓은 것이다.

그가 소지품을 탁자에 꺼내놓고 나서 옷을 갈아입고 있을 때 조철악이 방으로 들어왔다.

그는 탁자에 앉아 태무악이 옷을 갈아입기를 기다리고 있다가 문득 탁자에 놓인 한 가지 물건에 눈길이 갔다.

"이것은 여자들의 물건인데 어째서 네가 갖고 있느냐?"

조철악은 취봉잠(翠鳳簪)을 집어 들고 이리저리 살피면서 흥미있다는 듯한 얼굴로 물었다.

"어떤 여자아이가 준 것입니다."

태무악은 조철악 맞은편에 앉아 취봉잠을 제외한 소지품들을 품속에 갈무리하며 대답했다.

"어떻게 알게 된 여자아이냐?"

조철악은 유청이나 단예가 태무악을 몹시 연모하고 있다는 사실을 진작부터 눈치채고 있었다.

그런데 태무악이 그녀들에게 터럭만큼도 관심을 갖지 않았던 이유가 취봉잠을 준 여자 때문일 것이라고 나름대로 짐작한 것이다.

태무악은 무간옥을 탈출하고 나서 주령을 만나 함께 도주를 하고 산동성 제남에서 헤어졌을 때까지의 과정을 간략하게 설명해 주었다.

"호오… 너희 두 사람은 대단히 밀접한 관계였군?"

조철악은 적이 감탄을 하면서 주령이라는 여자아이가 태무악의 연인이 틀림없다고 확신했다.

"령아는 지금 어디에 있느냐?"

그래서 그는 주령을 서슴없이 '령아' 라고 호칭했다.

"모릅니다."

"몰라? 그럼 령아를 어떻게 만날 생각이냐?"

태무악은 의아한 표정을 지었다.

“왜 만나야 합니까?”

“엉?”

조철악은 어이없는 표정으로 반문했다.

“령아가 보고 싶지 않느냐?”

“그다지 보고 싶지 않습니다.”

주령에 대한 마음이 분명하게 정리되지 않은 태무악으로서는 그렇게 대답할 수밖에 없었다.

“그 아이를 좋아… 아니, 사랑하지 않느냐?”

“사랑이 뭡니까?”

“이거야……”

거기에서 대화가 끊어졌다. 사랑이 무엇인지도 모르는 사람에게 더 이상 할 말이 없었다.

“그러나……”

조철악은 이대로 대화를 끝내는 것이 못내 아쉬웠다. 그가 보기에 주령은 태무악을 좋아하고 있는 것이 분명하기 때문이다.

또한 태무악도 그녀를 좋아하고 있는데 자신의 마음을 제대로 모르기 때문일 것이라는 생각도 들었다.

그는 손에 쥐고 있던 취봉잠을 들어 보이며 말을 이었다.

“령아가 이것을 준 것은 분명히 무슨 이유가 있기 때문일 것이다.”

"돈이 떨어지면 팔아서 여비에 보태 쓰라고 했습니다."

태무악의 말은 조철악의 다음 말을 여지없이 잘랐다.

"여자의 말을 곧이곧대로 들으면 안 된다. 게다가 이것은 보통 물건이 아니다."

"이게 뭡니까?"

태무악은 여태 취봉잠을 갖고 있으면서도 그것이 어디에 쓰는 물건인지 모르고 있었다.

"이것은 비녀다. 여자들이 머리에 꽂는 것인데, 취봉황잠이라고 하며 취황잠, 취봉잠 한 쌍으로 되어 있지. 중원에서는 보통사람은 구경도 하지 못할 정도로 몹시 비싸고 귀한 물건이다."

조철악은 취봉잠을 태무악에게 건네주며 말을 이었다.

"취봉황잠은 비녀이긴 하지만 머리에 꽂기보다는 패물로 많이 사용된다."

그는 태무악 손의 취봉잠을 가리켰다.

"또한 정표(情表)로도 쓰인다."

"정표가 뭡니까?"

"남녀가 자신의 연모하는 마음을 담아 상대방에게 주는 것을 정표라고 한다. 또한 자신을 영원히 잊지 말라는 뜻이기도 하지."

문득 태무악은 주령이 취봉잠을 줄 때 눈물을 흘리면서 애

틋한 표정을 짓던 모습을 떠올렸다.

"너는 아니라고 해도 령아는 너를 사랑하고 있는 것이 분명하다. 그러니까 그 아이는 정표로써 취봉잠을 너에게 주었을 것이다."

조철악은 욕정을 풀기 위해서 돈으로 여자를 사거나 잠깐 여자를 가까이한 적은 있지만 여태껏 사랑을 해본 적은 한 번도 없었다. 그런 그가 지금 사랑에 대해서 열변을 토하고 있는 것이다.

"사랑이라는 것은 말이다."

그때부터 조철악은 장장 한 시진에 걸쳐서 자신이 알고 있는 어설픈 사랑의 지식에 대해서 장황하게 설명을 했다.

아침 식사가 끝난 후에 단유랑은 태무악 일행에게 찾아와서 실로 충격적인 말을 꺼냈다.

"숙고 끝에 아버님께서 문파를 봉문(封門)하겠다는 결정을 내리셨습니다."

예상하지 못했던 놀라운 일이지만 태무악 등은 표정이 조금도 변하지 않았다. 그리고 단현림이 어째서 그런 결정을 내렸는지도 묻지 않았다.

"이번 귀촉루의 습격을 요행히 넘긴다고 해도 한 번 천존의 표적이 된 이상 문파의 멸문 위험은 계속 존재할 것입니다. 본

문과 안휘육세가 단결한다고 해도 천존을 당해낼 수는 없습니다. 그러므로 아버님께선 헛된 싸움을 피하여 일찌감치 봉문을 하는 것이 옳다고 판단하셨습니다.”

태무악은 그것이 현명한 결정일지도 모른다고 생각했다.

“봉문을 한 후에는 천추부림으로 들어가서 본격적으로 암중에서 활동을 할 계획입니다.”

듣고 있던 태무악이 따라놓은 차에는 손도 대지 않고 나직이 중얼거렸다.

“간신히 물구덩이를 빠져나왔는데 다음에는 불구덩이로 들어가겠다는 것이로군.”

“무슨… 뜻입니까? 천추부림이 더 위험하다는 말씀입니까?”

영특한 단유랑은 태무악의 말뜻을 알아듣고는 적이 놀라는 표정을 지었다.

태무악은 팔짱을 꼈다.

“귀촉루가 창검방과 은한장, 그리고 벽파도문을 멸문시킬 것이라고 했었지?”

“그렇습니다.”

“세 개는 다 천추부림이겠지?”

“그렇습니다.”

대답을 하면서 단유랑은 머리 위에 커다란 바위를 올려놓은 듯한 억눌린 표정을 지었다. 뭔가 불길한 중압감이 짓누르는 것을 느꼈기 때문이다.

"태 형 말씀은 천추부림이 이미 노출됐다는 것입니까? 지난번에 알려주신 간세, 막화라는 놈은 이미 잡아 죽였으니 위험이 사라지지 않았겠습니까?"

"상한 음식의 상한 부위를 떼어냈다고 해서 그 음식이 상하지 않은 것이 되느냐?"

"그렇다면……."

태무악은 무간옥에서 상한 음식을 셀 수 없이 많이 먹었었다. 너무 배가 고파서 상한 부위를 떼어내고 먹으면 어김없이 극심한 배탈에 시달렸었다.

그때 그는 깨달았다. 한 번 상해 버린 음식은 절대 먹어서는 안 된다는 사실을.

아니, 그것은 음식에만 국한된 일이 아니다. 상한 음식의 일로 인해서, 이미 손을 쓰기 늦었거나 험한 상황이 돼버린 일에는 끼어들어서는 안 된다는 사실을 더불어 깨달았다.

태무악의 말에 단유랑은 크게 깨닫는 바가 있었다. 천추부림의 간세는 막화 한 명이 아닐 것이라는 추측이 그것이다.

어째서 간세가 그놈 한 명뿐일 것이라고 생각했었는지 지금 생각하면 어이가 없는 일이다.

어쩌면, 그때 그 일을 쉬쉬하면서 급히 마무리를 지은 사람들이 또 다른 간세일지도 모른다.

막화는 천추부림에서도 하급에 속하는 인물이었다. 지금 생각해 보니 그자 혼자서 간세라는 위험한 일을 수행했을 리가 없었다.

그렇다면 천추부림의 상급자들 중에도 간세가 다수 포진되어 있을 것이며, 이미 낱낱이 해부되어 천중신군에 완전히 드러났을 것이다.

그것은 순서의 빠르고 늦는 차이만 있을 뿐이지, 천추부림에 속한 방, 문파나 무림인들은 언젠가는 모두 천중신군에 의해서 제거될 것이라는 뜻이다.

그러므로 벽파도문이 멸문의 위험에서 벗어나기 위해서 스스로 봉문을 하고 천추부림으로 들어가는 것은 태무악의 말대로 물구덩이에서 빠져나와 제 발로 불구덩이 속으로 뛰어드는 것이나 진배가 없는 일이다.

이런 상황은 말 그대로 '앞문에는 호랑이가 가로막고 있으며, 뒷문으로는 늑대가 진입하고 있는[前門拒虎後門進狼] 상황인 것이다.

"자, 잠깐 실례하겠습니다."

거기까지 생각한 단유랑은 이 사실을 부친에게 알리려고 급히 일어섰다.

"안휘육세에게 나에 대해서 말했느냐?"

급하게 막 방문을 열고 있는 단유랑 뒤에서 태무악의 말이 들렸다.

"태 형에 대해서는 한마디도 하지 않았습니다."

단유랑이 돌아서서 대답하자 태무악은 가볍게 고개를 끄덕였다.

"어쨌든 너희 벽파도문은 속히 그리고 은밀하게 이곳을 떠나는 것이 좋을 것이다."

봉문을 하고 천추부림에 들어가는 것은 물구덩이에서 나와 불구덩이로 들어가는 것이라고 하더니, 이제는 벽파도문을 봉문하고 떠나라고 충고하는 태무악을 단유랑은 의아한 표정으로 쳐다보았다.

"우리는 지금 즉시 떠날 것이다."

또다시 느닷없는 말에 단유랑은 크게 놀랐다.

단유랑뿐만 아니라 조철악도 가볍게 놀라는 표정이다. 이곳을 떠난다는 말은 그도 지금 처음 들은 것이다. 그러나 태무악이 떠난다고 결정하면 떠나야 한다.

단유랑은 다시 태무악에게 되돌아와서 심각한 얼굴로 고개를 숙였다.

"부디 저의 우둔함을 깨우쳐 주십시오."

단유랑은 자신이 모르고 있는 사실을 태무악이 알고 있다고 생각했다.

태무악은 어젯밤에 벽파도문의 일에 대해서 곰곰이 생각을
한 끝에 한 가지 결론에 도달했었다.

"삼 년 반 전에 나는 천존에게 쫓기는 몸이었는데, 지나치는
곳마다 거의 모든 방, 문파들이 나를 추격했었다."

태무악의 잔잔한 말에 단유랑은 알 듯 모를 듯한 표정을 지
으며 다음 말을 기다렸다.

"너는 대숭방주가 태상사사자의 현무사자일 줄은 몰랐었
지?"

"아……."

그제야 단유랑은 신음 같은 탄성을 흘리면서 얼굴 가득 놀
라움을 떠올렸다.

그는 반신반의하는 표정으로 말하는데 너무 놀라서 말을 더
듬거렸다.

"안휘육세 중에 천중신군에 속한 조직이 있을지도 모른다
는 말씀이로군요……."

"만약 벽파도문이 천추부림에 가입하지 않았고, 천존의 실
체에 대해서 모르고 있었다는 가정하에, 안휘육세 중 하나가
지금의 너희 같은 상황에 놓여 천존의 비밀을 말해주면서 도
와주기를 원한다면, 너희는 어떻게 할 것 같으냐?"

"아아……."

단유랑의 탄성이 길게 이어졌다. 그렇다. 역지사지로 생각

한다면, 벽파도문이 천중신군에 속한 조직이 아니더라도 그 사실을 천중신군에 발고할 것이다.

그것은 잘못이 아니다. 천존과 천중신군이 무림 평화에 지대한 공헌을 하고 있다고 철석같이 믿고 있기 때문에, 자신의 밀고 행위 역시 무림 평화를 위해 일조하는 것이라고 믿을 것이기 때문이다.

태무악의 짐작은 단순한 짐작이 아니다. 실현 가능성이 구할 이상 된다.

과연 그는 단유랑과 단현림이 생각하지 못했던 부분까지 추측하고 있었던 것이다.

"결국… 본 문은 안휘성에서 발붙일 곳이 없게 되는군요."

단유랑의 입에서 허탈한 중얼거림이 새어 나왔다. 증조부가 벽파도문을 개파한 이후 백여 년 넘게 합비성에서 세력을 키워왔는데, 그 결과가 이토록 참담하다는 생각에 온몸에서 힘이 빠졌다.

"그리고 우리가 안휘육세에게 천존의 비밀과 귀촉루의 습격 사실을 말해준 직후부터 본 문은 그들의 감시를 받아왔을 것이고… 으음! 태 형과 선배님께서 본 문에 오신 것을 이미 천중신군이 알고 있을 수도 있다는 거로군요."

태무악은 고개를 끄덕였다.

"천중신군은 이미 우리가 이곳에 머물고 있다는 사실을 알고 있을 것이다.”

“그렇다면 귀촉루의 습격은……..”

“이제 천중신군의 목표는 벽파도문이 아니라 나와 형님일 것이다.”

단유랑과 조철악은 그의 말에 수긍했다. 두 사람은 그제야 태무악이 즉시 이곳을 떠나야겠다고 한 말을 이해했다.

목표가 벽파도문이었을 때에는 귀촉루의 백오십여 명으로 충분하지만, 목표가 신풍혈수와 혈신마로 바뀔 경우 귀촉루만 으로는 턱도 없다.

그러므로 계획을 변경하여 더 많은, 그리고 막강한 천중신 군을 이곳으로 불러모으고 있을 것이다.

第七十四章

반천(反天)

대무신
大武神

단유랑이 태무악의 방에서 나와 급히 부친에게 달려갔을
때, 부친은 한 낯익은 인물과 마주 앉아 심각한 대화를 나누고
있는 중이었다.

그는 단유랑도 잘 알고 있는 인물이다. 안휘육세 중에 신월
창부(新月槍府) 부주인 신창은매협(神槍銀梅俠) 우무평(禹武平)
이었다.

두 사람의 대화가 너무 심각해서 단유랑은 끼어들 엄두를
내지 못하고 부친 옆에 조심스럽게 서서 귀를 기울였다.

그러나 그리 오래지 않아서 단유랑은 두 사람이 무슨 내용

의 대화를 나누고 있는지 알아차리고 가슴이 서늘하게 내려앉
았다.

그들의 대화를 요약하면 이랬다.

안휘육세 중 하나인 낙일방(落日幫)의 방주가 벽파도문은
이미 무림의 공적이 되었으니 그들을 도와서는 안 된다고 나
머지 안휘오세를 회유했다.

또한 다른 방, 문파들은 관망만 하고 낙일방주 자신에게 모
든 것을 일임하면 모두 알아서 처리하겠다고 호언했다.

그래서 천존의 일에 개입하는 것을 꺼려하는 안휘사세는 뒷
전으로 물러나 모른 체하기로 결정했다.

그러나 평소 단현림과 막역한 친구 사이인 신창은매협 우무
평은 벽파도문이 걱정되어 견디지 못하다가 결국 이렇게 달려
와 알려준 것이다.

단유랑은 태무악의 예측이 정확하게 일치하는 것을 보면서
놀라움을 넘어서 온몸에 소름이 끼쳤다.

단유랑이 생각하기에 낙일방은 천중신군이거나 하부 조직
이 분명했다.

안휘육세가 무림에 대한 의협심이나 정의감을 내세우기도
전에 낙일방이 나서서 모두를 선동한 것을 보면 거의 틀림이
없는 일이다.

대화가 끝났을 때 신창은매협 우무평은 단현림을 똑바로 주

시하면서 상기된 얼굴과 웅혼한 목소리로 자르듯이 말했다.

"지금부터 나는 단 형과 함께 행동할 것이오."

평소 자신의 감정을 거의 드러내지 않는 단현림이지만 이
순간만큼은 그럴 수가 없었다.

그는 울컥 감정이 북받치는 표정으로 뜨겁게 우무평을 쳐다
보며 떨리는 목소리로 입을 열었다.

"우 형……."

그러나 그는 곧 정신을 수습했다. 우무평의 우정은 눈물이
나도록 고맙지만 그렇다고 그를 위험으로 끌어들일 수는 없는
일이다.

"알다시피 천존에 대항하는 단체인 천추부림에 가입을 한
것은 내 뜻이었소. 지금껏 우 형에게 그것을 말하지 못한 것은
미안하오."

단현림은 목숨을 내놓아도 아깝지 않을 벗을 바라보며 호흡
을 고른 후 말을 이었다.

"우 형이 천존의 만행을 알고 또 그것에 대하여 항거하려는
마음에서 나와 행동을 함께하겠다면 무조건 환영하지만, 그렇
지 않은 상황에서 순전히 우정만으로 나를 따르는 것은 반대
하오. 이제부터 나와 본 문은 험난한 가시밭길을 걸어야 하기
때문이오."

단현림이 진심을 말했으나 우무평은 물러서지 않았다.

"폐일언하고 말하겠소. 단 형이 모든 사실을 안휘육세에게 밝힌 직후부터 낙일방 수하들이 벽파도문을 감시하고 있소. 또한 낯선 인물들이 낙일방으로 드나드는 것도 목격되었소. 아마도 그들은 천중고수들인 것 같소."

그의 얼굴이 단호한 기색으로 물들었다.

"그러므로 내가 이곳에 단 형을 만나러 온 사실은 이미 낙일 방이나 천중신군에 보고가 되었을 것이오. 또한 그들은 내가 무엇 때문에 이곳에 왔는지도 짐작할 것이오."

"우 형……."

"벽파도문과 신월창부는 이미 한 배를 탔소. 그 배에서 내리 면 물에 빠져 죽을 수밖에 없을 것이오."

우무평의 비장한 얼굴을 보고 단현림은 더 이상 그를 만류 할 수 없다는 사실을 깨달았다.

그는 두 손을 뻗어 우무평의 두 손을 힘껏 마주 잡았다.

"우 형의 충의를 나 단현림은 죽어서도 갚지 못할 것이오."

"단 형, 부디 잘 이끌어주시오."

그 광경을 보면서 단유랑은 감격하여 콧등이 시큰거렸다.

그는 기회를 엿보다가 태무악과 나누었던 얘기를 조심스럽 게 꺼냈다.

그날 늦은 아침 무렵.

벽파도문의 전문이 열리고 네 명의 문하제자가 걸어나왔
다.

그들은 서두르지 않고 규칙적인 보폭으로 대로를 걸어 곧
인파에 파묻혔다.

이각 후에 네 사람은 합비성 외곽에 자리를 잡고 있는 한 방
파에 도착했다.

네 명 중 한 명은 그대로 대로를 따라서 걸어갔고, 다른 세
명은 그 방파의 전문으로 성큼성큼 걸어갔다.

그중 한 명이 고개를 들어 전문 위 현판에 적힌 글씨를 올려
다보았다.

낙일방(落日幇).

그는 현판을 보며 잔인한 미소를 흘리면서 중얼거렸다.

"흐흐흐. 네놈들은 곧 이름처럼 될 것이다."

'낙일' 은 해가 진다는 뜻이므로 그의 말은 곧 낙일방이 멸
문할 것이라는 뜻이다.

방금 말한 사람이 가운데 서 있는 사람을 보며 빙그레 미소
지으며 걸걸하게 말했다.

"무악아, 준비됐느냐?"

태무악은 조철악을 보며 고개를 끄덕였다.

"들어갑시다."

슈칵!

그의 말이 끝나자마자 태무악 왼쪽에 서 있던 무간구십구호가 앞으로 두어 걸음 나서면서 어깨의 검을 뽑아 그대로 전문을 향해 그어댔다.

콰자작!

다음 순간 전문은 작은 태풍에 휩쓸린 것처럼 산산조각 나면서 안쪽으로 쏟아져 들어갔다.

그리고 태무악과 조철악, 무간구십구호 세 사람은 뻥 뚫린 전문 안으로 성큼성큼 걸어 들어갔다.

같은 시각.

신월창부의 고수들 백여 명이 벽파도문으로 은밀하게 다가들어 그곳 주변을 감시하고 있던 낙일방 수하 열다섯 명을 모조리 제압해서 죽여 버렸다.

직후, 벽파도문과 신월창부 두 곳에서는 평범한 장사꾼이나 농민, 유람객 등 여러 행색으로 변장을 한 문하제자와 수하들 수백 명이 삼삼오오 짝을 지어서 빠져나와 어디론가 바삐 사라져 갔다.

한 시진 후에 벽파도문과 신월창부에는 사람이라곤 한 명도 보이지 않았다.

모든 물건들은 사용하던 그대로 놔두고 돈이나 재물만 챙겨서 빠져나간 것이다.

벽파도문과 신월창부의 도합 구백여 명은 합비성에서 삼십여 리 떨어진 산속에서 일단 집결했다.

그곳에서 그들은 전열을 가다듬었다. 즉, 문주인 단현림과 부주인 우무평을 끝까지 따르려는 사람들과 그렇지 않은 사람들을 구분하는 것이다.

벽파도문 삼백오십 명 중에서 단현림을 따를 사람은 백 명으로 압축됐다.

대다수인 삼백여 명 정도가 따르겠다고 나섰으나 부모가 생존했거나 가족이 있는 사람들은 무조건 제외, 마지막으로 무공이 약한 사람들도 제외시켰다.

또한 신월창부도 같은 방법으로 오백오십 명 중에서 백 명만을 추려냈다.

단현림과 우무평을 따를 이백 명을 제외한 나머지 모두에게는 충분한 재물을 주어 속히 가족을 데리고 합비성을 떠나라고 지시해서 되돌려보냈다.

그들에게는 단현림과 우무평이 이끄는 이백 명의 행선지를 말해주지 않았다.

만약 그들 중에 누가 천중신군에게 붙잡혀서 고문을 당하더라도 단현림과 우무평의 행방에 대해서 모르면 끝까지 대답할 수 없을 것이기 때문이다.

이후 단현림과 우무평을 따르는 이백 명은 다시 네 명씩 오

십 개의 작은 조로 나누어 일각에 다섯 조씩 띄엄띄엄 출발을
했다.

그들이 향한 방향은 북쪽이다.

느닷없이 들이닥친 세 사람 때문에 낙일방은 벌집을 쑤셔놓
은 것처럼 들끓었다.

벽파도문 하급 제자의 복장인 녹의경장을 입은 세 사람은
낙일방 전문을 박살내고 뛰쳐 들어온 순간부터 닥치는 대로
낙일방 수하들을 주살했다.

사방에서 낙일방 수하들이 벌 떼처럼 쏟아져 나왔으나 세
사람을 어떻게 하지 못하고 오히려 추풍낙엽처럼 허무하게 죽
어갔다.

세 사람, 즉 태무악과 조철악, 무간구십구호는 끊임없이 덤
벼드는 낙일방 수하들을 아무런 표정도 짓지 않은 무심한 얼
굴로 죽이고 또 죽였다.

세 사람은 이리저리 움직이지도 않았다. 가만히 서 있기만
해도 낙일방 수하들이 파도처럼 계속 밀려오기 때문에 움직일
필요가 없었다. 그저 제자리에 서서 검과 쌍장을 휘두르고 뻗
기만 하면 낙일방 수하들은 활활 타오르는 불길 속으로 뛰어
드는 부나비처럼 죽어갔다.

아니, 일각쯤 지났을 때에는 세 사람은 자리를 약간 이동할

수밖에 없었다.

일각 사이에 죽은 자들이 오십여 명이나 되고, 그들이 세 사람 주변 땅바닥에 켜켜이 쓰러져 있어서 적들을 죽이기가 불편했기 때문이다.

낙일방에는 귀축루나 다른 천중고수들이 없는 것 같았다. 있다면 이 난리를 보고서도 나타나지 않을 리가 없다.

태무악 등 세 사람이 낙일방을 급습하는 데에는 그럴 만한 이유가 있다.

원래 단유랑의 말을 듣고 난 단현림과 우무평은 어떻게 해야 할지 몰라서 전전긍긍하다가 결국 단유랑을 앞세우고 태무악 등을 찾아와서 도움을 청하기에 이르렀다.

태무악은 잠시 생각하다가 자신들이 낙일방을 급습할 테니까 그 혼란을 이용하여 벽파도문과 신월창부가 감시하는 자들을 제거하고 은밀하게 합비성을 빠져나간다는 계획을 세웠고, 그대로 실행에 옮긴 것이다.

태무악은 낙일방에 귀축루의 혈귀수들이나 천중고수들이 있다고 해도 상관하지 않았다.

반드시 낙일방을 전멸시켜야 할 필요는 없고, 벽파도문과 신월창부가 무사히 합비성을 빠져나갈 수 있는 시간 정도만 벌어주면 되기 때문에 웬만큼 휘저어놓고는 훌쩍 도주하면 되는 것이다.

즉, 치고 빠지기 작전이다.

"저놈은 신풍혈수가 아니냐?"

난데없는 소동에 놀라서 전각 밖으로 달려나온 낙일방주는 돌계단 위에 서서 한쪽을 가리키며 대경실색했다.

"그렇군요. 틀림없는 신풍혈수입니다. 그리고 그 옆에서 싸우고 있는 것은… 맙소사! 혀, 혈신마입니다."

낙일방주 옆에서 총당주가 사색이 되어 대답했다.

그들의 시선이 고정된 곳에서는 태무악과 조철악, 무간구십구호가 가을 들녘에서 추수를 하듯이 낙일방 수하들을 무차별 도륙하고 있었다.

"벽파도문에 있어야 할 저놈들이 무엇 때문에 여기에 와서 저 난리를 부리고 있단 말이냐?"

"속하도… 모르겠습니다."

태무악은 조철악의 말에 따라서 중요한 순간이 아니면 될 수 있는 한 변체환용비술을 사용하지 않으려 하기 때문에 지금은 진면목이었다.

천중신군의 하부 조직이라지만 일파의 수장쯤 되는 낙일방주가 태무악의 진면목을 알아보지 못할 리가 없다.

그때 격전장에서 갑자기 조철악이 번쩍 신형을 날리더니 비조처럼 낙일방주를 향해 쏘아왔다.

태무악이 낙일방주를 제압하라고 말했기 때문이다.

낙일방주와 총당주는 자신들을 향해 쏘아오고 있는 조철악을 발견하고는 뱀에게 물린 쥐처럼 부르르 몸을 떨었다.

그러고는 두 다리가 바닥에 뿌리를 내린 듯 꼼짝도 하지 못하다가 조철악이 오 장여까지 쇄도해서야 화들짝 정신을 차리고 전각 안으로 냅다 줄행랑을 쳤다.

아니, 총당주는 낙일방주가 전각 입구로 향하는 것을 보고 자신은 혼자 살겠다고 다른 방향으로 냅다 달렸다.

두 사람은 수하들이 보든 말든, 체면이 구겨지든 말든 상관하지 않았다.

상대는 우는 아이도 그 이름만 들으면 울음을 그친다는 공포의 화신 혈신마인 것이다.

낙일방주가 자신의 걸음이 왜 이렇게 느린지 한탄을 하면서 전각 입구를 일 장쯤 남겨두었을 때 별안간 그의 면전에 푸른 빛이 어른거렸다.

"헉!"

놀라서 급급히 신형을 멈추려고 했으나 달리던 기세가 워낙 세차서 쉽게 멈춰지지 않았다.

허공에서 뚝 떨어지듯 하강한 조철악은 자신을 향해 부딪쳐 오는 낙일방주의 마혈을 번개같이 제압하고 한 손으로 그의 목을 닭 모가지처럼 움켜잡았다.

"요놈!"

"끅!"

태무악 일행은 낙일방을 벼락같이 급습했던 것처럼 떠날 때에도 연기처럼 사라져 버렸다.

깊은 숲 속, 태무악은 조철악이 잡아온 낙일방주에게 치령술을 전개하여 심지를 제압했다.

"우리를 상대하려고 어떤 놈들이 합비성에 모였느냐?"

태무악은 거두절미 본론부터 심문했다.

낙일방주는 공손한 표정으로 눈을 껌뻑거리다가 대답했다.

"귀촉루주 이하 백사십여 명의 혈귀수들이 이미 합비성에 도착해 있으며, 추혈각과 건곤궁에서 각 오십 명씩의 고수를 보냈습니다. 그리고……."

추혈각과 건곤궁은 무림십비에 속한 신비 조직이다. 태무악은 지금껏 두 조직의 고수와 한 번도 마주친 적이 없었다.

"그리고 무엇이냐?"

"귀촉루주의 말에 의하면 구천절대(九天絶對)가 온다고 했습니다."

"구천절대가 뭐냐?"

"저도 모릅니다."

태무악이 조철악을 쳐다보자 그는 자신도 모른다는 듯 고개를 절레절레 저었다.

이어서 몇 가지 더 심문했으나 신통한 것을 건지지 못하자 낙일방주를 죽이고 그곳을 떠났다.

귀촉루주가 낙일방의 급습 소식을 전해 듣고 앞뒤 가릴 것 없이 혈귀수들을 이끌고 달려왔을 때에는 이미 상황이 끝나고 반 시진가량 지난 후였다.

낙일방 수하들은 넓은 마당에 흩어져 있는 시체들을 치울 엄두도 내지 못한 채 넋 나간 표정으로 여기저기에 주저앉거나 우두커니 서 있었다.

신풍혈수와 혈신마 등이 나타나서 불과 반 시진 만에 낙일방 수하 백이십여 명을 무참하게 죽이고 더구나 방주까지 납치해서는 유유히 사라졌으니 어떤 강심장인들 넋이 빠지지 않겠는가.

귀촉루주는 낙일방 총당주를 불러 자초지종을 듣고 나서 어떻게 된 일인지 알고 잠시 망설였다.

그는 신풍혈수와 혈신마가 산서성까지 가서 무슨 짓을 저질렀는지 이미 전서구를 통해서 알고 있었다.

단 두 명이 회명부와 대승방, 귀촉루를 일패도지 박살낸 무서운 자들이다.

그러니 설혹 지금 추격하여 그자들을 따라잡는다고 한들 어쩌겠는가.

자신과 백사십여 혈귀수로는 도저히 당해낼 자신이 없는 것을 말이다.

결국 그는 자신을 비롯한 혈귀수 백사십여 명 전원으로 추적대를 만들어 합비성을 중심으로 동서남북을 수색하되, 만약 신풍혈수와 혈신마를 발견하게 되면 은밀하게 미행만 하라고 모두에게 명령했다.

그들을 가장 확실하게 제압하려면 구천절대가 도착할 때까지 기다려야만 하기 때문이다.

*   *   *

합비성에서 동북쪽으로 사백여 리 거리에 흐르고 있는 지하(池河) 변의 작은 마을 명광촌(明光村) 인근 산속.

단유랑과 강탁이 인근의 명광촌에서 요깃거리와 술을 사 온 후에, 나무를 베어 앉을 수 있는 모탕 크기의 의자를 여러 개 만들어 숲 속의 아담한 공터에 둥글게 배치를 하고 복판에는 널따란 나무에 사 가지고 온 몇 가지 요리들과 술, 잔을 두루 차렸다.

그곳에 태무악과 좌우에 조철악, 무간구십구호가 앉았고 맞은편에는 단현림과 우무평, 단유랑, 단예, 강탁 등이 나란히 서 있었다.

단현림과 우무평은 머뭇거리면서 자리에 앉지 못했다.

신풍혈수의 명성이 대단하다고는 하지만 아직 젊기 때문에 마주 앉는 것이 어려운 일은 아니다.

그러나 혈신마는 다르다. 연배로나 무림에 쩌렁한 명성에 비하면 단현림과 우무평은 월광과 반딧불이 같은 엄청난 차이가 나기 때문에 함부로 행동하지 못하고 쭈뼛거리고 있는 것이다.

단유랑과 단예는 언제나 의연하고 당당한 부친의 지금 같은 모습을 처음 보는 터라 신기하기도 하고 안됐다는 생각도 조금 들었다.

"앉으세요. 아버님, 우 숙부님."

단예가 자른 나무를 가리키며 앉기를 권하는데도 두 사람은 머뭇거렸다. 그만큼 혈신마는 대단한 존재인 것이다.

단예와 단유랑, 강탁은 서로 얼굴을 마주 보고 나서 자신들이 먼저 자리에 앉았다.

그들도 원래 태무악을 매우 어려워하는 과정을 거쳤었다. 하지만 지금은 그와 웬만큼 친숙한 사이가 됐고, 그가 예절 따위를 싫어하는 번문욕례(繁文縟禮)의 성격이라는 것을 알고 있는 터라 오히려 지나치게 예의를 차리지 않으려고 조심을 하는 편이다.

단예는 무간구십구호 곁에 앉았다. 무간구십구호를 밀쳐 내고 태무악 옆에 앉고 싶은 마음이 굴뚝같았지만 차마 그럴 수는 없어서 그래도 태무악과 가장 가까운 자리를 찾아서 앉은 것이다.

자리에 앉은 단유랑이 막 단현림과 우무평에게 앉기를 권하려는데 급기야 인내심의 한계를 느낀 조철악의 불호령이 터져버렸다.

"너희 둘은 앉지 않고 뭘 꾸물거리는 것이냐? 내가 고개 아프게 너희를 올려다봐야 하느냐?"

그제야 두 사람은 조철악과 태무악에게 두루 포권을 해 보이고 나서 늠연하게 자리에 앉았다.

단예는 우선 조철악과 태무악에게 술을 따랐다. 그녀는 조철악이 태무악의 의형이라는 것 때문에 처음부터 저절로 친근감이 느껴졌으며, 산서성을 떠나 합비성까지 오는 도중에 꽤 친해진 상태였다.

조철악도 자신을 잘 따르는 단예를 귀여워하는 편이다.

무간구십구호는 단예가 가장 멀리 앉은 조철악과 태무악에게 차례로 술을 따르고 자신만 쏙 빼놓자 그녀의 손에서 술병을 거칠게 낚아챘다.

단예는 깜짝 놀랐다가 무간구십구호를 살짝 흘기고는 다른 술병으로 단현림과 우무평, 그리고 나머지 사람들과 자신의 잔에 골고루 따른 후 잔을 들어 올렸다.

"우리 건배해요."

그녀는 경직된 분위기를 완화시키기 위해서 건배를 유도했고, 그렇게 침묵 속에서 몇 순배의 술이 돌자 어느 정도 효과를 거두었다.

"어… 그러니까 너희들은 대체 무슨 용무로 이런 자리를 마련한 것이냐?"

조철악은 갈증을 느낀 사람처럼 다섯 잔의 술을 숨도 쉬지 않고 마신 후에 자신의 빈 잔에 단예가 공손히 술을 따르는 것을 보며 운을 뗐다.

"음!"

단현림이 주먹을 입에 대고 묵직한 헛기침을 했다.

"우리들의 향후 거취를 결정하기 위해서 두 분의 고견을 듣고 싶습니다."

조철악은 슬쩍 눈살을 찌푸렸다.

"너희들이 합비에서 탈출하도록 우리가 도와주었으면 감지덕지지, 이제는 너희가 어디에 가서 뭘 먹고사는 것까지 우리가 책임져야 하느냐?"

단현림은 정중히 고개를 숙였다.

"그 점은 정말 고맙게 생각합니다. 그렇지만 우리의 거취를 의논하는 것은 쌍방에 이로운 일이 될 것 같아서 그러는 것입니다."

조철악이 눈을 치떴다.

"쌍방에 이로운 일? 너희만 이롭고 우리에겐 이로울 게 쥐

뿔도 없을 것이다."

그가 너무 으르딱딱거리자 더 이상 대화가 불가능하다고 생각한 단현림은 말을 잇지 못하고 씁쓸한 표정을 지으며 옆에 앉은 단유랑을 쳐다보았다.

단유랑은 조철악이 아닌 태무악에게 조심스레 입을 열었다.

"태 형, 우리는 현재 벽파도문과 신월창부에서 각 백 명씩의 정예고수를 선발하여 이백 명을 이끌고 있습니다."

태무악은 묵묵히 술잔을 기울이며 듣기만 했다.

"우리는 갈 곳이 없고 천중신군에게 쫓기는 신세가 되었습니다. 하지만 그런 우리를 태 형이 도울 수 있습니다."

태무악은 내가 어떻게 도울 수 있느냐는 듯 단유랑을 쳐다보았다.

"우리를 반천루(反天樓)에서 머물게 해주십시오."

반천루는 태무악이 전영에게 천하제일의 규모로 지으라고 한 기루의 이름이다.

현재 천추십룡의 단유랑과 단예, 강탁, 유림, 유청을 제외한 나머지 다섯 명이 전영을 밀착 호위하고 있는 중이다.

단유랑은 태무악의 눈이 가볍게 빛나는 것을 보고 더욱 열성적으로 설명했다.

"태 형은 기루의 세계인 화가유항(花街柳巷)에서 가장 크고 유명한 백화미루(百花美樓)보다 더 거대한 기루인 반천루를 짓

고 있지 않습니까? 우리를 그곳의 호위무사로 써주면 쌍방 간
에 도움이 되지 않겠습니까?"

태무악은 잠시 생각에 잠겼다. 그는 천하에서 가장 규모가
큰 기루를 도합 열 개를 지을 계획이다.

그렇지 않아도 그것들을 다 지으면 호위무사들을 어떻게 구
할지 삼풍호개하고 상의해 볼 생각이었다.

어중이떠중이 무사들보다는 벽파도문과 신월창부의 정예고
수들 이백 명이 훨씬 낫지 않겠는가.

더구나 단현림과 우무평 등이 그들 이백 명을 확실하게 이
끌고 있으니 위계질서나 호위무사 간의 다툼, 알력 따위를 걱
정할 필요도 없다.

"기루 하나에 이백 명이 너무 많을 것이라는 걱정은 하지 않
아도 됩니다. 우리의 신분이 반천루 호위무사로 정해져서 천
중신군의 이목을 속일 수 있고, 그곳에 불과 몇십 명만 기거할
수 있다면, 나머지는 주변의 집이나 허름한 장원을 구입하여
생활하면 됩니다."

분명히 일반적으로 생각하자면 기루 하나에 이백 명의 호위
무사는 너무 많다.

그렇지만 반천루는 보통 기루가 아니다. 천하제일의 규모를
갖춘 천하제일루가 아닌가.

단유랑 쪽 사람들은 기대 어린 표정으로 태무악이 대답을

해주기를 기다렸다.

이윽고 태무악이 술잔을 만지작거리면서 입을 열었다.

"듣기로는 반천루에서 일하게 될 기녀의 수가 오백 명쯤 될 것 같다더군."

그 말에 무간구십구호를 제외한 모두가 놀라움을 금치 못했다. 단유랑과 단예, 강탁은 너무 놀란 나머지 입까지 크게 벌렸다.

기녀만 오백여 명이라면 관리하는 사람이나 점소이, 숙수들, 하인, 하녀들까지 치면 기루 하나에 소속된 인원이 어림잡아도 족히 이천 명 이상은 된다는 얘기다.

천하 최고라는 백화미루라고 해도 가장 많은 기녀를 보유한 곳이 백여 명 남짓이라고 들었다.

그런데 반천루는 그 다섯 배인 무려 오백여 명이라니… 그것만으로도 명실공히 천하제일기루가 되고도 남음이 있을 것이다.

그러나 중인의 놀라움은 그것으로 끝나지 않았다.

태무악은 술을 입에 털어 넣고 나서 중얼거리듯 말했다.

"나는 그런 기루 열 개를 짓고 있다."

"……!"

단유랑 일행은 너무 놀라서 한동안 아무 말도 하지 못했다.

第七十五章
삼제(三弟)

태무악은 변체환용비술을 써서 평범하지만 병색이 완연한
청년 서생의 모습으로 변신을 했다.

그리고 조철악은 수염이 허연 신선 같은 노인으로, 무간구
십구호는 얼굴이 많이 얽은 문불사(蚊不死:곰보)에 두 사람의
하인으로 변장했다.

조철악이 태무악의 잘생긴 얼굴을 보고 싶다면서 변체환용
비술을 사용하지 말아달라고 했으나 대천색령의 표적인 태무
악이 진면목으로 돌아다니는 것은 자살 행위나 다름이 없는
일이다.

그래서 사람이 많이 모이고 왕래하는 곳에서는 하는 수 없이 변체환용비술을 사용하기로 했다.

늦은 밤, 세 사람은 객점의 한 방에 투숙하여 변장을 풀고 원래의 모습을 되찾았다.

"상의를 벗어봐라. 상처 좀 보자."

한차례 운공조식을 한 후에 태무악은 구석에 앉아 있는 무간구십구호에게 다가가 그 앞에 앉았다.

무간구십구호는 상의를 벗지 않고 잠시 물끄러미 태무악을 주시했다.

무간자 생활에서 벗어나 이제 사람 사는 세상에서 여러 경험들을 맛본 그이지만 아직도 누군가 자신에게 베푸는 친절은 익숙하지가 않았다.

이윽고 그는 묵묵히 상의를 벗고는 태무악 앞으로 다가앉아 눈을 감았다.

그의 상처는 빠른 속도로 아물고 있었다. 모든 무간자들이 그랬다.

그들의 신체는 보통사람하고는 판이하게 달라서 아무리 극심한 중상을 입어도 쉽게 죽지 않고, 상처가 치유되는 속도는 보통사람보다 배 이상 빠르다.

무간옥은 무간자들에게 살인하는 수법만 가르친 것이 아니라 그들의 신체마저도 깡그리 바꾸어놓았다.

“입어라.”

상처가 제대로 아물고 있는 것을 확인한 태무악은 나직이 중얼거리고 일어섰다.

“두 가지를 들어다오.”

그때 무간구십구호가 밑도 끝도 없이 불쑥 말했다.

태무악이 돌아서자 그는 방금 한 말을 다시 반복했다.

“두 가지를 들어다오.”

부탁이라는 의미를 몰라서 그렇게 말하는 것이다. 그리고 태무악은 그의 말뜻을 알아들었다.

태무악은 묵묵히 그를 굽어보았다. 말을 해보라는 뜻이다.

무간구십구호는 태무악과 조철악을 번갈아 가리키며 물었다.

“네 이름은 무악이고 저 사람 이름은 형님이냐?”

태무악은 무간구십구호를 데리고 다닐 뿐 아무것도 가르치거나 설명해 주지 않았었다. 그러니 태무악이 조철악을 ‘형님’ 이라고 부르는 것을 듣고 그것이 그의 이름이라고 알고 있는 것이다.

“내 이름은 태무악이고 형님 이름은 조철악이다.”

“태무악… 조철악…….”

무간구십구호는 입속으로 중얼거리다가 또 물었다.

“사람에겐 다 이름이 있는 것이냐?”

“그렇다.”

“내 이름은 뭐지?”

“너의 부모가 지어주었을 것이지만 나는 모른다. 지금의 너는 무간구십구호다.”

“부모?”

문득 무간구십구호의 낯빛이 슬쩍 흐려졌다. 그는 대승방에서의 유청, 유림의 부모와 합비성의 단유랑과 단예 남매의 부친인 단현림을 떠올렸다.

또한 이곳까지 오는 동안에 봤던 부모와 자식들의 모습이 짧은 순간에 연달아서 떠올랐다.

그의 표정은 ‘내게도 부모가 있을 것이다’ 라고 말하고 있는 듯했다.

“이름이 있어야 하나?”

“그렇다.”

“내 이름을 지어줘. 무간옥에서 지어준 무간구십구호라고 불리는 것은 싫다.”

태무악은 그것이 그의 두 가지 중 첫 번째 부탁이라고 생각했다.

“태는 무어고 무악은 무엇이지?”

“태는 내 성이다. 부모에게서 물려받은 것이다. 부모는 그 위의 부모에게 물려받았고.”

“성이 있어야 하나?”

“있어도 없어도 상관없다. 하지만 있는 것이 낫겠지.”

“나도 아무 성이나 하나 만들어다오.”

무간구십구호는 평소의 무심한 얼굴로 태무악을 빤히 올려다보지만, 무간자의 표정은 무간자가 알 수 있다. 그의 두 눈 속에서 간절함이 일렁이는 것을 태무악은 발견했다.

그것은 무간자였던 시절, 극도의 허기를 참지 못해서 먹을 것을 갈구하던 눈빛과 몹시 닮았다.

그가 성과 이름을 갖고 싶다는데 태무악이 뭐라고 할 하등의 이유가 없다.

세상에 태 씨 성을 쓰는 사람은 무수히 많을 것이고, 그렇지 않더라도 상관이 없다.

무간구십구호는 눈을 깜빡거리면서 요구했다.

“그렇지만 이름 끝에 ‘악’ 자가 들어갔으면 좋겠다.”

태무악은 그가 왜 갑자기 두 가지 부탁을 하는 것인지 이유를 조금쯤은 알 것 같았다.

태무악과 조철악은 이름 끝에 ‘악’ 자가 있다. 그런데 무간구십구호는 자신의 이름을 지어주되 끝에 ‘악’ 자를 넣어달라고 요구하고 있다.

다시 말하자면 그는 태무악, 조철악과 한 부류가 되고 싶은 것이다.

태무악은 잠시 생각하다가 고개를 끄덕였다.

"사군악(司君岳)으로 해라."

사씨 성 이름 끝에 악 자가 들어갔다. 무간구십구호는 나직이 중얼거려 보았다.

"사군악……."

그리고 이름이 마음에 드는지 그의 입가에 보일 듯 말 듯 흐릿한 미소가 떠올랐다가 사라졌다.

"그리고… 나도 너희와 의형제가 되고 싶다."

무간구십구호, 아니, 사군악의 두 번째 부탁이다. 그것 역시 태무악이 전혀 예상하지 못했던 것이다.

그러나 그것은 쉽사리 들어줄 부탁이 아니다. 태무악과 조철악은 특별한 의미를 지닌 결의형제가 아닌가.

태무악이 조철악을 쳐다보자 그는 탁자 앞에 앉아서 묵묵히 혼자 술을 마시고 있었다.

이쪽 일은 전혀 신경을 쓰지 않는 것 같지만, 사실 그의 온 신경은 이쪽에 집중되어 있었다.

그는 태무악이 빨리 와서 자신과 함께 술을 마셔주기를 기다리고 있다가 난데없이 사군악의 의형제 요구를 듣고 망치로 뒤통수를 얻어맞은 듯한 기분이 되어 있었다.

태무악이 무간구십구호에게 사군악이라는 이름을 지어준 것까지는 용납할 수 있다고 쳐도, 결의형제라니, 어림도 없는 소리다.

태무악만 아니면 당장 모가지를 비틀어서 죽이고 싶은 것을 꾹꾹 참고 있는 조철악이다.

"무간… 사군악, 그건 안 된다."

"왜?"

태무악이 여태까지와는 달리 냉정한 얼굴로 거절하자 사군악은 이해할 수 없다는 듯 물었다.

막상 왜라고 물으니까 태무악은 대답이 궁했다.

사군악이 천천히 일어나 태무악 앞에 마주 보고 우뚝 서서 냉랭하게 물었다.

"너희 둘 다 가족이 없지? 홀몸이지?"

태무악은 그저 가볍게 고개만 끄덕였다.

사군악은 주먹으로 자신의 가슴을 쿵 세게 쳤다.

"나도 혼자다."

"너희 둘, 한(恨)이 많지?"

'한' 이라는 말에 태무악은 가슴이 콱 막히는 것 같아서 대답을 하지 못했다.

사군악은 주먹으로 조금 전보다 더 세게 쿵쿵 두 번 때리며 목소리를 높였다.

"나도 한이라면 무지하게 많다! 부모가 누군지도 모르고! 내가 누군지도 모르고! 열여덟 살이나 처먹은 놈이 세상이 뭔지도, 어떻게 살아가야 하는지도 모르고! 앞으로 뭘 해야 할지도 모른다!"

태무악은 콱 막혔던 가슴이 예리한 칼로 저미는 듯한 느낌이 들었다.

사군악의 목소리가 더 커졌다. 지금껏 그는 한 번도 큰 목소리를 낸 적이 없었다.

그런데 지금은 격한 감정이 넘치는 커다란 목소리, 아니, 절규를 터뜨리고 있다.

"너희 둘은 천존을 죽이는 것이 목적이지? 나도 천존을 죽이고 싶다! 너희들보다 더 처절하게 그 자식을 찢어 죽여야 속이 풀리겠어!"

그는 두 주먹으로 자신의 가슴을 부술 듯이 마구 두드리다가 급기야 옷을 좍좍 찢어발기며 악을 썼다.

"그런데 내가 너희하고 뭐가 달라! 우리 세 명은 똑같잖아! 그런데 어째서 의형제가 안 된다는 거야? 말해봐!"

그는 옷을 찢다가 손톱으로 제 가슴을 그어 시뻘건 피가 가슴을 온통 시뻘겋게 물들였다.

"너희들 의형제에 끼워주기만 하면 무엇이든지 할게! 죽으라면 눈 하나 까딱하지 않고 죽겠다! 나 이제 혼자 되는 거 싫다! 너희 둘은 정말 보기가 좋더라! 서로 끔찍하게 위하고 서로를 위해서 기꺼이 죽으려는 마음이 내 눈에도 보인다! 나도 너

희를 위해서 죽을 수 있다! 하지만 너희는 날 위해서 죽을 필요
는 없다!"

사군악 자신은 모르고 있었으나 그는 눈물을 평평 흘리고
있었다.

그리고 피를 흘리는 것은 그의 가슴만이 아니었다. 그의 입
에서 쏟아져 나오는 한마디 한마디에서 시뻘건 핏물이 쏟아져
나왔다.

"제발… 나도 너희와 함께 있게 해줘! 나도 너희와 함께 천
존을 죽일 수 있게 해줘! 나는… 나는… 짐승 같은 게 싫어…
나도 사람이고 싶다구……. 서로 이름을 부르고… 형님이라고
부르면서 밥 먹고 술 마시고 싶다! 응?"

그는 두 손으로 태무악의 어깨를 잡고 흔들다가 주르르 주
저앉아 이마를 바닥에 대고 어깨를 들먹이며 끄윽! 끄윽! 흐느
꼈다.

태무악은 그의 말을 온전히 이해할 수 있었다. 아니, 그가
미처 설명하지 못하고 표현하지 못한 것들까지도 미루어 이해
할 수 있었다.

두 사람은 같은 아픔과 같은 고통을 가슴속, 머릿속에 품고
있지 않은가? 또한 같은 원한을 뼛속 깊이 담아두고 있지 않은
가?

사군악은 말재주가 없어서 자신의 감정을 제대로 설명하지

못하는 것뿐이다.

그것은 잘못이 아니다. 그 심정을 알아주지 못한다면 그것이 바로 잘못이다.

태무악은 그를 의형제로 받아주고 싶은 마음이 생겼다. 그러나 그것은 혼자 결정할 문제가 아니다.

"큼!"

그때 나직한 헛기침 소리가 나서 태무악이 쳐다보니 조철악이 얼굴을 반대쪽으로 돌린 채 주먹으로 거칠게 눈두덩을 문지르고 있었다.

태무악은 그가 울고 있다는 것을 알아차렸다. 지난번에 태무악 때문에 어린아이처럼 펑펑 울더니, 그때처럼은 아니더라도 지금도 눈물을 찔끔거리고 있는 것이다.

무림을 공포에 떨게 만드는 혈신마가 울보라는 사실을 어느 누가 믿으려 하겠는가. 사람의 속을 들여다보면 누구나 다 그렇듯이, 조철악은 사실 마음이 여리고 감정이 풍부한 사람인 것이다.

"형님."

태무악이 조용히 부르자 조철악은 술병을 입에 쑤셔 박고 벌컥벌컥 마시면서 딴청을 하며 불분명한 소리를 냈다.

"꿀꺽. 무악아… 네가 알…아서 해라……. 크음!"

태무악은 빙그레 미소를 지으며 조철악을 응시하다가 이윽고 사군악을 굽어보았다.

"형님께서 너를 의형제로 허락하셨다."

사군악은 눈물이 범벅된 얼굴을 들어 의아한 표정을 지으며 조철악과 태무악을 번갈아 쳐다보았다.

"정…말이냐?"

태무악이 고개를 끄덕이자 사군악은 갑자기 무릎을 꿇더니 조철악에게 큰절을 올렸다.

"형님! 고맙다!"

그러나 조철악은 쳐다보지 않고 무뚝뚝하게 내뱉었다. 아마 아직도 눈물을 흘리고 있기 때문일 것이다.

"고맙기는! 이제부터 고생문이 열린 줄로만 알면 된다!"

사군악은 의아한 얼굴로 태무악을 쳐다보았다.

"저게 무슨 소리냐?"

"환영한다는 형님 식의 인사다."

"그래?"

사군악은 환하게 웃었다. 그가 기억하기로는 처음으로 웃는 환한 웃음이다.

"그러나 군악, 네가 막내다."

조철악이 입에서 술병을 떼며 웅얼거렸다.

사군악이 또 태무악에게 물었다.

"막내가 뭐냐?"

“네가 나를 형님이라고 불러야 한다는 뜻이지.”

“그래?”

사군악은 또다시 환하게 웃었다. 막내든 뭐든 그까짓 것은 하나도 문제될 것이 없다는 표정이다. 그는 태무악에게도 넙죽 큰절을 올렸다.

“형님! 앞으로 잘 봐줘라!”

사군악은 존대를 할 줄 모른다. 그러나 상관없다. 예절과 말만 번지르르하면서도 인간 같지 않은 자들보다는 백배, 천배 나은 무식쟁이다.

태무악이 조철악에게 다가가 넌지시 물었다.

“형님, 함께 술 한잔해도 되겠습니까?”

“좋지! 앉아라!”

조철악은 언제 울었느냐는 듯 헤벌쭉 웃으면서 태무악에게 옆의 의자를 가리켰다. 그의 눈은 아직 물기가 있었고 눈알이 벌겋게 물들어 있었다.

사군악이 벙글벙글 웃으면서 다가왔다.

“나도 마시겠다.”

“술은 상처에 좋지 않다.”

태무악의 만류에 사군악은 그를 죽이기라도 할 듯이 눈을 부라렸다.

“무악 형님! 한 번만 더 술을 못 마시게 하면 그 즉시 죽여 버리겠다!"

대체 누가 형인지… 그 따위로 공갈협박을 하려거든 형님이
라고 부르지를 말던가.

*　　　*　　　*

천존의 신풍혈수를 잡기 위한 대천색령이 발동된 상태에서
천하무림은 여전히 뒤숭숭했다.

그런 가운데 몇 개의 소문이 은밀한 곳에서 꿈틀거리더니
며칠이 지나지 않아서 무림 전체에 파다하게 퍼졌다.

소문의 내용은 이러했다.

지난 수십 년 동안 무림 각처에서 의문의 멸문을 당한 수많
은 방, 문파들은 대부분 무림십비에 의한 것이다.

또한 수십 년 동안 셀 수도 없이 많은 무림고수들이 영문 모
를, 그리고 이유없는 죽음을 당한 것은 무림십비 중에 회명부
의 소행이다.

무림십비는 천하무림의 도지휘사(都指揮使) 역할을 담당하
고 있다.

명대(明代)에는 수십 명의 도지휘사에게 막강한 권한과 군
사를 주어 전국에 파견해서 치안을 맡도록 했는데, 무림십비
는 무림의 도지휘사라는 것이다.

그런데 무림십비는 빙산의 일각이다. 무림에는 그런 알려지지 않은 신비의 조직들이 수백, 수천 개가 더 있고, 그것들은 단지 네 사람이 지배하고 있다.

그 네 사람을 태상사사자라고 부른다.

그리고 태상사사자는 오직 한 인물에게만 충성을 한다.

천존, 바로 그다.

천존은 무림의 절대자로서 무림을 마음대로 주무르며 쥐락펴락하고 있다.

그의 말 한마디에 무림의 수백, 수천 명의 목숨이 하룻밤 사이에 사라지기도 하고 목숨을 연명하기도 한다.

천존의 말은 곧 무림의 절대법(絕對法)이다. 그를 거스른다는 것은 곧 죽음이고 파멸이다.

무림 구파일방조차도 천존의 하수인 혹은 하부 조직이거늘 대저 어느 누가 그를, 아니, 하늘을 거스를 수 있겠는가.

그런데 천존에 대항하는 한 인물이 출현했다.

무림에서는 그를 신풍혈수라고 부른다.

당금 무림에 발동되어 있는 대천색령은 천존이 신풍혈수를 잡기 위한 것이다.

그런 와중에도 신풍혈수는 태상사사자 휘하의 보연궁과 대승방을 전멸시켰으며, 회명부와 귀촉루를 대파했으며, 태상사사자의 청룡사자를 죽였고, 백호위사와 백호고수들을 비롯한 수많은 천중고수들을 죽였다.

또한 신풍혈수는 무림십비에 의해 멸문이나 죽임을 당할 위기에 놓였던 여러 방, 문파와 무림고수들을 구했다.

혈혈단신 활동하던 신풍혈수에게 두 명의 동료가 생겼다.

혈신마와 혈신귀(血神鬼)다.

신풍혈수를 비롯한 그들 세 사람을 무림 일각에서는 삼혈신악(三血神岳)이라고 부른다.

이 일련의 소문들이 어디에서부터 시작되었는지는 아무도 모른다.

하지만 이 소문들이 당금 무림 곳곳을 뒤흔들고 있다는 사실만은 분명하다.

*　　*　　*

북경성에서 서쪽으로 십여 리 거리의 외곽을 서북에서 남동으로 흐르는 영정하 강변에는 천하에서도 알아주는 유곽 거리인 불야향가가 자리를 잡고 있다.

그곳 끝자락 불야향가에서 사오백 장쯤 떨어진 강변의 야트막한 언덕 위에 한 채의 성(城)이 지어지고 있으며 지금 한창 마무리 단장을 하고 있는 중이다.

사람들은 그 성이 당금 명나라의 황제가 사랑하는 황후를 위해서 아름다운 영정하 강변에 성을 지어주는 것이라고도 하고, 황제의 동생이나 어느 왕후장상이 짓는 것이라는 등 공사 중인 성에 대해서 별별 소문이 무성했다.

불야향가하고 뚝 떨어진 거리에 짓고 있는 그 성채가 설마 기루일 것이라고 눈곱만큼이라도 생각하는 사람은 아무도 없었다.

이런 어마어마한 규모의 성을 짓자면 아무리 빨라도 일 년에서 수 년 이상 소요되게 마련인데, 이 성은 지은 지 한 달 남짓 지났을 뿐인데 벌써 마무리 공사에 들어가고 있었다.

엄청난 자금과 수천 명의 인력, 그리고 최고의 전문가들이 밤낮을 가리지 않고 공사에 매달리기 때문에 공기(工期)를 대폭 단축시킬 수 있었던 것이다.

지난 한 달여 동안 매일 밤 쿵쾅거리는 소음이 터져 나오던 성채의 공사장에서 이상하게도 오늘 밤은 아무 소리도 나지 않았다. 오늘 밤은 공사가 잠시 중단된 것이다.

아주 귀한 손님, 성채의 주인이 왕림하기 때문이지만, 그런 사실을 알고 있는 사람은 극소수에 불과했다.

한 달여 동안 거의 하루 종일 이곳 공사장에 나와서 직접 지휘 감독을 하고 있던 전영은 한 통의 서찰을 받고는 즉시 공사를 중단시키고 기술자들과 인부들을 모두 돌려보냈다.

태무악이 보낸 서찰을 처음에 받았을 때 전영은 거의 제정신이 아니었다.

대저 그녀에게 있어서 태무악이 어떤 존재인가. 세상에는 하늘이 있고 이 나라에는 황제가 있다지만, 그녀의 하늘과 황제는 바로 태무악인 것이다.

하지만 서찰을 읽은 직후에 전영의 머리가 텅 비고 숨이 가쁘며 가슴이 미친 듯이 두방망이질 치는 이유는 순전히 그 때문인 것만은 아니었다.

그런 자신을 발견한 그녀는 소스라치게 놀랐다.

그것은 사랑의 감정이고, 죽도록 연모하고 있는 남자를 곧 만나게 된다는 극도의 설렘이라는 사실을 오랜 기녀 생활을 통해 너무도 잘 알고 있기 때문이다.

그것을 깨달은 순간 그녀는 자신을 죽일 듯이 꾸짖었다.

미친년! 죽일 년! 배은망덕한 년! 나가 죽어라!

그러면서 그녀는 태무악이 도착하기 전까지 마음을 다잡는 데 전력을 다했다.

전영과 그녀의 다섯 명의 호위무사, 즉 천추오룡은 성채 안 가장 큰 대전각 전문 앞 돌계단 위에 서서 태무악을 기다리고 있었다.

그녀는 이미 마음을 충분히 가라앉혔다고 믿었는데도 심장에 한겨울 삭풍이 스며든 것처럼 두근거리고 마음은 조금도 안정이 되지 않아서 두 손을 비비고 돌계단 위를 계속 서성이고 있는 중이었다.

또한 태무악이 어디에서 나타날지를 몰라서 그녀의 커다란 눈 속의 까만 눈동자는 바쁘게 이리저리 굴러다녔다.

그녀 뒤에 서 있는 천추오룡은 아직 태무악이 올 것이라는 사실을 모르고 있었다.

전영은 당장 목숨을 잃는다고 해도 비밀을 지키는 입이 무거운 여자다.

자신의 호위무사인 천추오룡을 신뢰하고는 있지만, 혹시 만에 하나 잘못될 수도 있기에 함구한 것이다.

그래서 천추오룡은 언제나 침착하고 냉철하며 정숙한 면모만 보여서 자신들의 감탄을 자아내게 했던 전영이 지금은 어째서 안절부절못하는 것인지 몰라 이상하단 눈으로 쳐다보고 있었다.

무공이 없는 그녀의 눈에 보이는 것은 어스름 달빛 아래 웅크리고 있는 짓다 만 건물들뿐, 사람의 모습은 어디에도 보이지 않았다.

'아아… 무슨 사고라도 생기신 것이 아닐까? 왜 이리도 늦으시는 걸까?

태무악이 엄청난 사람이라는 사실을 알고 있는 그녀지만 그가 좀처럼 모습을 보이지 않자 별별 좋지 않은 상상이 다 생겼다.

"소저, 대체 무슨 일이십니까?"

그때 보다 못한 천추오룡의 한 명이 정중하게 물었다.

하지만 전영은 초조함 때문에 그의 말을 듣지 못했다.

대답을 듣지 못한 천추오룡은 고개를 갸웃거리며 더 궁금한 표정을 지었다.

"영아."

전영이 눈이 빠지게 기다리고 있을 때 갑자기 천추오룡 뒤쪽에서 조용하고 부드러운 목소리가 들렸다.

"아……!"

듣는 순간 전영은 그것이 태무악의 목소리라는 것을 깨닫고 자신도 모르게 탄성을 터뜨렸다.

차차창!

"누구냐?"

그때 움찔 놀란 천추오룡이 일제히 도검을 뽑으면서 뒤쪽을 향해 맹공을 퍼부었다.

"멈춰요!"

천추오룡의 동작은 너무 빨라서 전영이 미처 돌아서기도 전에 공격하고 있었다.

전영은 급히 돌아서다가 그 광경을 목격하고는 날카롭게 소리쳤다.

천추오룡은 중지하고 즉시 그 자리에 멈추었다.

그들은 자신들의 전면 일 장 거리에 반백의 머리카락을 뒤에서 하나로 묶고 짙은 흑의경장을 입은 후리후리한 키의 청년 한 명이 서 있는 것을 발견하고 부지중 움찔 위축되는 것을 느꼈다.

그에게서 범접하기 어려운 으스스한 기도가 뿜어지는 것을 감지했기 때문이다.

"아……."

그때 그들은 뒤에서 전영의 나직한 탄성을 들었다.

전영은 천추오룡 너머에 우뚝 서 있는 흑의청년 태무악을 발견하고 그 자리에서 얼어붙었다.

안 본 지 한 달여밖에 되지 않았지만 태무악은 그사이에 더 어른이 된 듯한 모습이었다.

그는 이제 불과 십팔 세지만, 세속의 나이를 그에게 갖다대는 것은 무의미한 일이다.

그보다 훨씬 나이가 많은 조철악이나 단현림 등 많은 사람들이 단지 세속의 나이로만 그를 평가했다면 결의형제도, 어려워하는 마음가짐도 생기지 않았을 것이다.

"영아, 나를 알아보지 못하는 것이냐?"

전영이 우두커니 서서 넋이 나간 듯한 표정을 짓고 있는 것을 보고 태무악은 어쩌면 그녀가 자신의 얼굴을 잊었을지도 모른다는 생각이 들었다.

"아… 아니에요."

전영은 화들짝 놀라 급히 천추오룡을 헤치고 앞으로 나서 태무악 앞에 무릎을 꿇었다.

"소녀 주인님을 뵈… 아!"

아니, 꿇지 못했다. 그녀가 몸을 굽히려는데 태무악이 한 손을 뻗어 그녀의 팔을 잡았기 때문이다.

"내게는 무릎을 꿇지 말라고 하지 않았느냐."

"네……."

전영은 자신의 팔로 전해지는 태무악의 체온 때문에 정신이 멍해졌다.

"그리고 나는 너의 주인이 아니다."

"……."

전영은 그 말뜻을 금세 알아차리지 못했다. 하지만 본능적으로 좋지 않은 말일 것이라고 느꼈다.

여태까지는 전영이 태무악을 부르는 호칭이 없었다. 그래서 그녀는 가장 적당한 호칭을 찾아냈는데 그것이 바로 '주인' 이었다.

그녀의 모든 것이 태무악의 것이고, 그녀 자신조차도 태무악의 것이라고 생각하기 때문이다.

그런데 태무악은 자신이 전영의 주인이 아니라고 말했다.

잠시 생각하던 전영은 그 말뜻이 '너와 나는 아무런 관계도 아니다' 라는 것으로 해석할 수밖에 없었다.

가슴이 무너졌다. 화가유향에서 잔뼈가 굵은 그녀가 한 사내의 말에 일희일비하고 있지만 그녀 자신은 그런 사실을 깨닫지 못했다.

그녀는 자신이 너무 앞서 갔다고 생각했다. 떡 줄 사람은 생각하지도 않는데 자신은 물부터 찾은 것이다.

"알겠습니다."

하지만 오랜 기녀 생활을 해온 그녀는 사태를 금세 파악하고 또 인정했다.

그러자 조금 전까지 마음속에 품었던 태무악에 대한 연정이나 설렘 같은 것들이 한순간에 씻은 듯이 사라졌으며 목소리조차도 최초에 태무악을 만났을 때처럼 차분해졌다.

전영이 정신을 수습하고 다시 예의를 갖추려는데, 태무악이 먼저 조용한 어조로 말문을 열었다.

"우린 주인이나 종 따위가 아니라 가족이다."

"……"

그 말은 겨우 정신과 마음을 수습한 전영을 폭풍처럼 뒤흔들어 버렸다.

"그러니까 서로 가족처럼 대하면 된다. 알았느냐?"

전영은 태무악보다 네 살이나 많지만, 그녀는 그가 꼭 오라버니 같다는 생각이 들었다.

소르륵.

두 눈 가득 맑은 눈물이 고이는데도 그녀는 내버려 두고 고개를 들어 태무악을 바라보았다.

태무악은 부드럽게 미소 지으며 고개를 끄덕였다.

"애썼다, 영아."

그 역시 전영을 마치 누이동생처럼 대하고 있었다.

전영은 이 순간 아무것도 생각이 나지 않았다. 다만 태무악 품에 뛰어들어 안기고 싶을 뿐이었다.

그러나 그녀는 감정을 애써 눌러 참으며 착한 누이처럼 행동하기로 했다.

"오라버님 덕분이에요."

이십이 세의 그녀는 십팔 세의 태무악에게 수줍게 미소를 지어 보였다.

그녀는 단지 태무악에게 칭찬을 들었다는 사실 때문에 가슴이 터질 듯이 기쁠 뿐이다.

그 순간의 천추오룡은 태무악을 보면서 혼비백산할 정도로 놀라고 있었다.

그들은 한 번도 태무악을 본 적이 없으나, 천존이 발동한 대천색령의 전신에 그려진 신풍혈수의 용모를 수없이 봤기 때문에 금세 태무악을 알아보았다.

그러나 그들은 곧 머리가 혼란스러워졌다. 전영이 어떻게 해서 신풍혈수와 아는 사이인지 궁금하기 짝이 없었다.

더구나 두 사람의 대화로 미루어 평범한 사이가 아닌 것 같지 않은가.

그때 천추오룡은 태무악 뒤에서 두 인물이 걸어오는 것을 발견했다.

두 사람이 걷고 있는데 발자국 소리는커녕 추호의 기척도 나지 않았다.

태무악이 전영에게 두 인물, 조철악과 사군악을 소개했다.

"영아, 인사해라. 형님과 아우다."

전영은 깜짝 놀라더니 두 사람에게 날아갈 듯이 허리를 굽히며 인사를 했다.

"처음 뵙겠어요. 전영이에요."

사군악은 전영을 거들떠보지도 않는데 조철악은 태무악 옆에 서서 빙그레 미소를 지으며 물었다.

"예쁜 계집아이야. 누구냐?"

예쁘다는 말에 전영은 발그레 뺨을 붉혔다. 수많은 사내들에게서 아름답다는 칭찬을 들었을 때에는 눈 하나 까딱하지 않던 그녀지만, 태무악이나 그의 형제들에게 듣는 칭찬에는 그럴 수가 없었다.

"소녀는 오라버님의 여동생이에요."

조철악은 태무악이 십팔 세라는 것을 알고 있다. 그런데 무르익은 이십대 초반의 전영이 스스로 여동생이라고 하는 것이 조금 이상했으나 개의치 않았다.

아무렴 어떤가. 태무악의 여동생이라면 자신에게도 여동생이 아닌가. 예쁜 여동생이 생기는 일은 무조건 좋은 일이다.

"그래. 잘 부탁한다, 영아."

조철악이 빙그레 미소 지으면서 가볍게 어깨를 두드리자 전영은 기쁜 표정을 감추지 못했다. 찬바람이 도는 것 같은 사군악과는 달리 첫 대면에 친근하게 대해주는 조철악이 마냥 좋았다.

그때 세 사람 뒤쪽에 단유랑과 단예, 강탁이 나타나는 것을 발견한 천추오룡이 반가운 외침을 터뜨리며 달려갔다.

"단 형이 아니오?"

"강 형!"

"단 낭자!"

第七十六章
우란(禹蘭)

대무신
大武神

　반천루에는 도합 삼십삼 개의 전각과 이십칠 개의 부속 건물, 열다섯 곳의 정원, 다섯 곳의 인공호수가 있다. 그리고 호수 곳곳은 여러 모양의 멋들어진 다리로 연결되었으며, 호수 안에는 열두 개의 누각이 있다.

　반천루에서 가장 큰 전각은 맨 뒤의 제일 넓은 정원을 앞두고 세워져 있는 오 층짜리 거대한 전각과 반천루 한복판에 위치한 구 층짜리 전각이다.

　규모로는 맨 뒤의 오 층 전각이 가장 크다. 높이가 삼십여 장에 둘레가 삼백여 장에 달한다.

맨 뒤의 전각 입구 위의 현판에는 청은각(淸銀閣)이고 한복판의 구 층 전각은 반천정각(反天政閣)으로 반천루를 총괄하는 곳이다.

전영은 태무악의 거처로 청은각을 지었다. 그것은 태무악도 모르고 있던 사실이다.

또한 청은각의 '청은' 이라는 명칭은 태무악의 부모 이름에서 한 자씩 따온 것이다.

태무악이 북경성 내에 상금 부부에게 내준 주루 이름이 청은루인 것도 같은 이유에서다.

전영은 상금 부부의 딸인 홍랑에게 그 애기를 듣고 전각 이름을 청은각이라고 지은 것이다.

태무악은 아무 표현을 하지 않았으나, 그녀가 자신을 위한 전각을, 그것도 가장 크게 지어주고 이름도 청은각이라고 짓는 세심한 배려를 기울여 준 것에 대해 마음속으로 고마움을 느꼈다.

청은각 지하는 이 층으로 되어 있으며, 드넓은 지하 광장 두 곳과 수십 칸의 석실들로 이루어져 있다.

태무악에게 필요할 것이라고 생각하여 전영이 만들도록 지시한 것이다.

청은각에는 그 외에도 몇 가지 놀라운 장소와 기능들이 더 있었으나 전영은 서두르지 않고 우선 태무악에게 지하실부터 보여주었다. 그가 외부에 노출되지 않는 장소가 있느냐고 물었기 때문이다.

전영은 반천루의 수십 개 전각들 중에서 청은각의 공사에 가장 신경을 많이 썼으며, 또한 가장 서둘러서 지었다. 태무악이 언제든 찾아와서 사용할 수 있도록 하기 위해서였다.

그런 이유로 청은각은 이미 며칠 전에 완성되어 있었다.

청은각 오 층 각층에는 집기들과 가구, 장식, 치장 등이 완벽하게 마무리되었으며, 지하 이 층도 추호의 불편함이 없도록 모든 것들이 구비되어 있었다.

아담한 석실 중앙에는 고급스러운 타원형의 탁자가 놓여 있고, 둘레에 여러 사람이 앉아 있다.

태무악과 오른쪽에는 전영, 그 옆에는 조철악, 태무악 왼쪽에는 사군악이 앉았다.

사군악 옆에는 단예가, 그리고 그 옆으로 단유랑과 강탁, 단현림, 우무평, 그리고 한 명의 여자가 앉아 있다.

탁자가 타원형이기 때문에 결국 우무평 옆에 앉아 있는 여자는 조철악의 오른쪽에 앉아 있는 셈이 되었다.

탁자에는 요리도 술도 없다. 전영이 불야향가에서 준비해 오겠다는 것을 태무악이 그만두게 했다. 먹고 마시려고 이곳에 온 것이 아니기 때문이다.

조철악은 일부러 태무악 옆에 전영이 앉도록 했다. 그녀가 태무악의 여동생이라면, 조철악 자신과 사군악에게도 누이인 것이다.

일가 피붙이 하나 없는 그들 네 사람에게 서로는 무척이나 소중한 존재인 것이다.

단예는 이번에도 태무악 옆에 앉지 못하고 사군악 옆에 앉게 됐다. 그래도 그곳이 태무악에게서 가장 가까운 곳이기 때문이다.

그때 석문이 열리고 삼풍호개가 허겁지겁 들어왔다.

전영이 태무악의 서찰을 받은 즉시 연락을 한 것이다. 전각 밖에는 천추오룡이 지키고 있는데 그들이 삼풍호개에게 이곳으로 가라고 가르쳐 주었다.

그는 들어서면서 급히 실내를 두리번거리다가 태무악을 발견하고는 얼굴이 기이하게 일그러졌다.

반가움이다.

그의 눈에는 단 한 명 태무악만 들어왔다. 헤어진 지 한 달 남짓밖에 안 됐는데 몇 년은 된 것 같은 기분이다.

"태 형!"

한순간 그는 큰 소리로 외치면서 태무악에게 달려들었다.

태무악도 담담하게 엷은 미소를 지으면서 일어섰다. 북경성에 함께 있을 때에는 몰랐었는데, 한 달여 동안 못 봤더니 그 역시 삼풍호개가 꽤 반가웠다.

아까 전영을 봤을 때도 반가운 마음이 들더니 이번에는 삼풍호개까지 그랬다.

태무악은 자신이 이제 조금쯤은 무간자의 더께를 씻고 보통 사람이 되고 있다는 묘한 기분이 들었다.

"태 형! 보고 싶었어!"

삼풍호개는 여러 사람은 안중에도 없다는 듯 태무악을 와락 끌어안으면서 소리쳤다.

태무악은 삼풍호개도 자신과 같은 심정이었을 것이라고 생각하여 그의 등을 토닥거렸다.

단예와 단유랑, 강탁은 놀랍고도 부러운 표정으로 그 광경을 쳐다보았다.

자신들은 태무악이 너무 어렵고 두려운 존재라서 말도 극존칭을 사용하고 최상의 예의를 다하는데, 너무도 허물없이 행동하는 삼풍호개가 부럽지 않을 수 없다.

그래서 속으로 '과연 삼풍호개다' 라고 감탄을 금치 못했다.

"앉자."

태무악이 떼어내자 삼풍호개는 아쉬운 표정을 지으며 그제야 주위를 둘러보다가 단유랑 등을 발견하고 반가운 표정을 지었다.

"오~! 모두들 무사히 왔구나!"

단유랑 등 세 사람은 일제히 일어났으나 재회를 나누기에 앞서 삼풍호개에게 단현림과 우무평을 소개했다.

"풍 형, 아버님과 우 숙부님일세."

삼풍호개는 깜짝 놀라 단현림에게 공손히 포권하며 허리를 굽혔다.

"무림말학 못난 거지가 선배님을 뵙습니다."

그는 단유랑 남매하고는 절친하지만 두 사람의 부친은 처음 보는 것이다.

단현림은 담담히 고개를 끄덕였다.

"랑아와 예아가 예전부터 자네에게 신세를 많이 졌다고 들었네. 고맙네."

"어이구! 별말씀을……."

삼풍호개는 펄쩍 뛰면서 손을 휘휘 젓고 나서 이번에는 우무평에게 정중히 예를 취했다.

"신창은매협, 우무평 대협을 뵙습니다."

우무평이 담담한 표정으로 물었다.

"나라는 것은 어떻게 알았는가?"

삼풍호개는 싱긋 미소 지으면서 우무평의 양쪽 어깨에 서로 교차된 채 메어져 있는 한 쌍의 은빛 단창을 가리켰다.

"평소에 사부님께서 말씀하시기를, 무림에서 한 쌍의 은빛 신창을 지니고 계신 분은 안휘무림의 맹호이신 신창은매협이시니 만나뵙게 되면 예의를 다해서 인사를 드리라고 하셨습니다.”

설마 개방 방주가 평소에 삼풍호개에게 그런 말을 했을 리가 없다는 것 정도는 모두들 짐작하고 있다.

또한 삼풍호개가 우무평을 띄워주려고 다소 과장했다는 것도 알고 있다.

그로 인해서 우무평은 확실히 기분이 좋아졌고, 삼풍호개에게 좋은 첫인상을 갖게 되었다.

인사를 마친 삼풍호개는 의자를 하나 들고 와서 막무가내로 태무악과 사군악 사이를 비집고 들었다. 태무악 옆에 앉고 싶은 것은 여자들만이 아니다.

“어? 이 사람들은 누구지?”

무사히 태무악과 사군악 사이에 자리를 잡고 앉은 삼풍호개는 그제야 조철악과 사군악을 발견하고 친근한 미소를 지으며 물었다.

태무악 좌우에 가깝게 앉아 있으니 보통 사이가 아닐 것이라고 짐작한 것이다.

“형님과 아우다.”

그 말에 삼풍호개는 반색을 하면서 조철악의 손을 두 손으로 덥석 잡고 흔들면서 머리를 조아렸다.

“아이구! 형님! 반갑습니다!”

어떻게 된 형님과 아우냐고 묻지도 않았다. 그럴 만한 사연이 있을 것이라고만 생각했다.

또한 그만큼 태무악을 신뢰하고 있기 때문이기도 했다. 그가 형님과 아우로 삼을 정도면 그들이 어떤 인물인지 미루어 짐작할 수 있는 것이다.

이어서 사군악의 손을 잡고 마구 흔들었다.

"반갑다! 아우야!"

무턱대고 반말로 인사를 하는데도 사군악은 무표정한 얼굴로 삼풍호개를 쳐다보기만 했다.

조철악은 삼풍호개의 설레발이 마음에 들었는지 흐뭇한 미소를 지었다.

"허헛! 녀는 무악하고 어떤 관계냐?"

삼풍호개는 엄지손가락을 치켜세우며 짐짓 과장되게 의기양양한 표정을 지었다.

"하하하! 형님! 저는 무악의 제일 친한 친구입니다! 앞으로 잘 부탁드립니다!"

조철악은 흐뭇한 얼굴로 고개를 끄덕였다.

"껄껄껄! 무악의 막역지우면 내게도 아우다. 아우야, 술 한 잔하자!"

"아이구! 소제가 먼저 한 잔 올리겠습니다, 형님!"

삼풍호개의 삼풍 중에 일풍은 주풍(酒風)이다. 그만큼 술이라면 환장을 한다는 뜻이다.

그는 술 한잔하자는 말에 마치 지옥에서 부모님을 만난 듯한 표정을 지으면서 서둘러 조철악의 잔에 넘치도록 술을 따랐다.

이어서 태무악과 사군악의 잔에도 술을 따르고 나서 단예에게 손을 저으며 주문했다.

"예 매, 나머지는 네가 따라 드려라."

졸지에 태무악 형제들을 제외한 사람들은 '나머지' 가 되고 말았다.

어쨌든 여러 잔의 술이 돌고 나자 경직됐던 분위기가 한결 고자누룩해졌다.

이 자리에서 태무악과 삼풍호개를 제외하고는 전영이 반천루주라는 사실을 아는 사람은 아무도 없다.

"호개, 앞으로 저들은 반천루의 호위무사가 될 것이다."

벽파도문과 신월창부의 수장 이하 고수들이 일개 기루의 호위무사가 된다는 사실은 놀랄 일이지만 삼풍호개는 잠깐 놀라는 표정을 지었을 뿐 곧 평소의 얼굴을 되찾았다.

필시 벽파도문과 신월창부에 무슨 사연이 있을 것이고, 곧 알게 될 것이라고 짐작했기 때문이다.

전영도 내심 놀랐다. 삼풍호개의 말을 들으니 단현림과 우무평은 무림에서 내로라하는 인물이 분명한데 그런 인물들이 반천루의 호위무사가 된다니 놀라지 않을 수 없다.

그러나 태무악이 워낙 큰그릇이라는 사실을 짐작하고 있으며, 또한 이미 이것보다 더 놀라운 상황을 몇 차례 겪었기 때문에 어느 정도 이력이 난 상태라서 잠자코 일이 진행되는 과정을 지켜보기로 했다.

그때 태무악이 단현림을 똑바로 주시하며 입을 열었다.

"한 가지 묻겠소."

단현림은 자세를 바로 했다.

"세이경청(洗耳敬聽)하겠소."

"당신들이 반천루의 호위무사가 되려는 것은 단지 신분을 위장하기 위해서인 것이오? 아니면 실제로 호위무사가 되려는 것이오?"

"그 둘이 뭐가 다르오?"

"많이 다르오."

"설명해 주시겠소?"

단현림의 요구에 모두의 시선이 태무악에게 집중됐다.

태무악은 평소에는 언제나 절대 무심하던 표정이 얼마 전부터는 가까운 사람들과 함께 있을 때면 조금 부드러워지곤 했는데, 그 사실을 그 자신은 모르고 있었다.

그리고 지금 그의 표정은 평소의 절대 무심에서 조금 부드러워진 모습이었다.

그래도 그를 잘 알지 못하는 사람이 보면 차갑고 무심한 표정으로 볼 것이다.

"반천루는 일반 기루와 다르오. 천존의 자금줄을 봉쇄하는 것이 목적이오. 천존은 천중신군을 유지하기 위해서 막대한 자금이 필요하고, 그 자금의 대부분을 주작사자 휘하인 주작 세림의 보연궁이 대고 있소."

설명이 필요하기 때문에 삼풍호개가 말을 받았다. 그는 마치 태무악의 입속의 혀처럼 굴었다.

"보연궁은 천하의 주루와 기루, 전장 등을 천여 개 정도 보유하고 있습니다. 그들이 매월 보연궁에 보내는 자금이 약 황금 오천만 냥 정도입니다."

중인들은 천중신군에 대해서 처음 알게 된 사실에 크게 놀라는 표정을 지었다.

이들 중에서 황금 만 냥을 본 사람조차 한 명도 없다. 그렇거늘 보연궁이 한 달에 벌어들이는 액수가 자그마치 황금 오천만 냥이라니… 그게 얼마나 많은지 상상조차 되지 않는 표정들이었다.

"보연궁은 그 오천만 냥 중에서 사천오백만 냥을 매월 천중신군에 고루 배분해 주고, 천중신군은 그것으로 녹봉 등 전체 기능을 유지하고 있습니다."

중인의 얼굴에 다시 한 번 커다란 놀리움이 한 겹 더 씌워졌다.

대저 황금 사천오백만 냥이 소요될 정도의 천중신군이라면, 도대체 얼마나 많은 고수들이라는 말인가.

중인의 놀라움 속에 삼풍호개의 설명이 이어졌다.

　"보연궁의 수입 중 기루에서의 수입이 전체의 절반인 오 할을 차지하고 있습니다. 반천루의 목적은 그 오 할의 수입을 차단하는 것입니다."

　"얼마나 차단할 수 있을 것 같은가?"

　우무평이 진중한 얼굴로 묻자 미리 계산해 두고 있던 삼풍호개가 즉시 대답했다.

　"오 할이면 황금 이천오백만 냥입니다. 그중에서 반천루는 천오백만 냥 정도를 차단할 수 있을 것이라는 계산입니다."

　"열 개의 반천루로 말인가?"

　"그렇습니다."

　단현림과 우무평, 단유랑 등의 얼굴에 약간 실망하는 표정이 떠올랐다.

　열 개의 반천루가 천중신군의 자금 황금 천오백만 냥을 차단하는 것은 과연 놀라운 일이지만, 전체 오천만 냥에 비하면 부족하기 때문이다.

　"그 정도로는 어림도 없지 않은가?"

　삼풍호개는 빙그레 미소를 지었다.

　"실례지만 신월창부는 한 달에 얼마 정도의 자금으로 운영됐습니까?"

　우무평은 자신의 옆에 앉은 여자, 즉 딸을 쳐다보았다.

　"운영은 내 딸이 했기 때문에 나는 잘 모르네."

우무평의 딸 우란(禹蘭)이 대답했다.

"은자 오만 냥 정도 들었습니다."

그녀는 전영이나 단예처럼 다소곳한 자세가 아니라 대나무처럼 꼿꼿한 자세로 앉아서 일체의 몸이나 손동작 없이, 표정의 변화도 없이 차분한 목소리로 말했다. 약간 쉿소리가 섞인 카랑카랑한 목소리였다.

금화 한 냥이 은자 오십 냥이므로, 은자 오만 냥이면 금화 천 냥이다.

"신월창부는 모두 몇 명이었소?"

"오백오십 명입니다."

"그렇다면 신월창부는 오백오십 명의 식솔들을 거느리는데 금화 천 냥이 든 것이군요?"

"그렇습니다."

"그런 식으로 계산하면 금화 천오백 냥만으로 몇 명을 거느릴 수 있겠소?"

우란은 서너 차례 눈을 깜빡이며 머릿속으로 계산을 하고 나서 대답했다.

"우리는 시골의 중간 정도 규모의 방파였으므로 천중신군과 비교하는 것은 다소 무리가 있습니다. 아무래도 우리보다는 천중신군이 돈이 더 들었을 것입니다."

"그럼 넉넉잡아서 천중고수 한 명당 신월창부 한 명보다 세

배 정도 경비가 더 소요됐다고 계산해 보시오."

천중신군의 고수들, 즉 천중고수들은 신월창부 고수들보다 무위가 훨씬 고강하기 때문에 녹봉이 더 들 것이다.

또한 합비성에서만 활동하는 신월창부보다 천중고수들의 활동 범위가 훨씬 클 것이므로 소요 경비가 추가로 더 지출될 것이다.

우란은 바로 그 점을 지적한 것이다. 그녀는 꿔다 놓은 보릿자루처럼 가만히 앉아 있는 것에 반해 안목이나 생각이 매우 예리한 여자다.

그녀는 키가 큰 편인 단예보다 한 뼘쯤 더 컸다. 단지 키만 큰 것이 아니라 팔도 하체도 매우 길었으며, 늘씬한 몸매지만 단단한 근육질의 몸이다.

무공을 익히기 적합한 체격을 상, 중, 하로 나눈다면 그녀는 상에서도 상에 속할 것이다.

또한 단단한 겉모습만 보고도 그녀가 얼마나 무공에 전념했는지 알 수 있었다.

약간 갸름하면서 그다지 크지 않지만 검은 눈매에 눈썹이 짙고 속눈썹이 무척 길며, 새빨간 입술을 다부지게 다물고 있는데, 햇볕에 그을린 가무잡잡한 얼굴이 묘한 매력을 발산하고 있다.

뜯어보면 굉장한 미인인데, 그보다는 강인하고 고집이 센

듯한 인상이 먼저 드는 모습이다.

"우리 쪽 고수는 한 명당 은자 구십 냥이 소요되고, 천중고수는 약 이백칠십이 냥쯤 드는 것으로 계산하면, 금화 천오백만 냥으로 천중고수 이백칠십오만 칠천 명가량을 운영할 수 있습니다."

우란의 계산은 정확했다. 그러나 그녀의 말에 태무악 삼형제를 제외한 모든 사람들이 아연실색 놀라움을 금치 못하고 있었다.

태무악 삼형제가 놀라지 않는 이유는 원래 무신경하고 배포가 크기 때문이지 미리 계산을 했기 때문이 아니다.

"뭔가 잘못된 것 같군."

단현림이 고개를 갸웃거리면서 입을 열었다.

그뿐만이 아니라 모두 그렇게 생각하고 있었다.

그리고 단현림의 다음 말은 모두의 생각과 일치했다.

"천중신군 전체에 소요되는 자금이 금화 사천오백만 냥이라면, 천중고수의 수가 무려 팔백이십칠만여 명이나 된다는 얘긴데, 그것은 말이 되지 않소. 무림 전체를 통틀어도 백만 명이 되지 않을 것이고, 사파나 녹림까지 합쳐도 삼백만을 넘지 못할 텐데 자그마치 팔백만이라니……."

태무악의 시선을 느낀 삼풍호개는 심각한 표정을 지으면서 말했다.

"내가 알아낸 정보는 틀림없네. 못 믿겠으면 사부님께 여쭈어 봐도 좋아."

중인은 삼풍호개가 거짓말을 한다고는 생각하지 않았다. 하지만 그가 알아낸 정보에 문제가 있다는 생각은 들었다.

그것이 평범한 사람들의 일차적인 생각이다.

"뭔가 있는 것 같군."

태무악이 조용히 중얼거리자 모두의 시선이 일제히 그에게 집중됐다.

그러나 태무악은 술잔을 만지작거리면서 깊은 생각에 잠길 뿐 더 이상 아무 말도 하지 않았다.

중인이 꽤 오래 기다렸으나 '뭔가 있을 것 같군' 이라고 말한 것에 대한 설명을 들을 수는 없었다.

일각쯤 지난 후에 그가 한 말은 다시 본론으로 돌아가는 내용이었다.

"그래서 반천루는 장차 주루와 전장에도 손을 댈 계획이고, 그 모든 일은 여기 있는 전영이 맡을 것이오. 물론 최종적인 목적은 천중신군의 자금줄을 아예 씨를 말리는 것이오."

태무악은 전설의 오행신체다. 그것은 육체적인 것뿐만 아니라 정신이나 사고력(思考力)까지도 인간의 한계를 벗어났다는 뜻이다.

그러므로 중인이 생각할 수 없는 범위의 것들까지도 그는 어렵지 않게 생각해 내고 또 추리할 수 있다.

천중신군의 수가 얼마인지는 모르지만 황금 사천오백만 냥까지 들지는 않을 것이다.

아무리 넉넉잡아도 천만 냥이면 뒤집어쓰고 남지 않겠는가. 그렇다면 나머지 삼천오백만 냥은 다른 곳에 사용되고 있다는 뜻이다.

'어쩌면……'

태무악은 짚이는 바가 있으나 나중에 궁리해 보기로 하고 그쯤에서 생각을 접었다.

"돈이란 매우 중요하오. 사람이 먹지 못하면 움직이지 못하는 것처럼, 천중신군에게 자금이 고갈되면 더 이상 유지할 수 없게 될 것이오."

어쨌든 천중신군에게 들어가는 자금을 옥죄면 천중신군이든 그 무엇이든 황금 사천오백만 냥이 필요한 곳은 아사(餓死)를 당하게 될 터이다.

그는 한 호흡 쯤을 두었다가 단현림을 쳐다보며 물었다.

"이제는 내 물음에 대답하시오. 당신들은 반천루에서 어떻게 처신할 생각이오?"

단현림과 우무평은 그 문제에 대해서 이미 충분하게 숙고와 상의를 했기 때문에 이미 결론은 나와 있는 상태였다. 그런데도 태무악에게 물었던 것은 반천루의 진실한 목적이 궁금했기 때문이다.

"우리의 궁극적인 목적은 천존을 멸하는 것이오. 그러나 현재로선 힘으로 천존을 무찌를 수 없는 형편이오. 그런데 천중신군의 자금줄을 쥔다는 귀하의 계획을 듣고 보니 그나마 실현 가능성이 일 할이나마 있는 것 같소."

단현림은 벽파도문과 신월창부를 대표해서 최종적인 결단을 내렸다.

"우린 반천루의 호위무사가 되겠소. 그와 동시에 우리 이백여 명의 생살여탈권을 귀하에게 일임하겠소."

단현림과 우무평을 비롯하여 자식들과 이백 명의 정예고수들을 어디에 어떻게 배치하고 이용을 하든 무조건 따르겠다는 것이다.

태무악은 가볍게 고개 끄덕이고 나서 옆에 앉은 전영을 가리켰다.

"이 사람이 반천루를 총괄하게 될 것이오."

그 말에 단현림과 우무평을 비롯한 그쪽 사람들이 일제히 일어나 전영에게 정중하게 포권을 하며 예를 취했다.

"루주를 뵈오!"

처음에 그들은 단유랑에게 반천루주가 아직 어린 여자라는 말을 듣고 무척 놀랐으며 또 믿음이 가지 않았었다.

그러나 그들에겐 선택의 여지가 없었다. 지금으로선 경험이 많은 자신들이 철모르는 전영을 잘 보필하는 수밖에 없다는 생각뿐이었다.

전영은 자리에서 일어나 다소곳이 고개를 숙였다가 들며 총명한 눈빛으로 단현림 등을 바라보았다.

"저는 장사를 하는 것에만 신경 쓸 터이니 여러분께서 여러모로 도와주기를 바랍니다."

모두 자리에 앉자 태무악이 중인에게 물었다.

"달리 할 말은 없소?"

모두들 잠자코 서로의 얼굴을 쳐다보았다.

"없는 것 같……."

"당신 목적은 천존을 죽이는 것입니까?"

단현림의 말을 가차없이 자른 사람은 뜻밖에도 우무평의 딸 우란이었다.

그녀가 불쑥 그렇게 물어볼 줄은 아무도 몰랐다. 그러나 그것 때문이 아니라 다른 이유 때문에 그쪽 사람들은 자못 긴장하기 시작했다.

태무악은 대답하지 않고 가볍게 고개만 끄덕였다.

우란은 똑바로 태무악을 주시한 채 냉정한 표정으로 밀을 이었다.

"반천루로는 천존의 자금을 옥죄고, 다른 한편으로 당신과 당신의 형제들이 천중신군을 하나씩 박살내는 것이 현재의 계획입니까?”

그녀는 평소에도 늘 냉정한 표정을 짓고 있기 때문에 굳이 태무악에게 냉정한 태도를 보이는 것은 아니었다.

그녀의 말에 태무악은 말없이 다시 고개를 끄덕였다.

“그런 식으로 천중신군을 공격하다가는 최소한 백 년 이상 걸릴 것입니다.”

우란의 단호한 말에 단유랑과 단예 등은 드디어 올 것이 왔다는 표정을 지었다.

사실 합비무림에서 신월창부가 유명한 이유는 부친보다는 우란 때문이었다.

그녀의 별호인 철패궁(鐵覇弓)은 아마도 합비무림에서 가장 유명할 것이다.

신월창부는 귀신같은 창술 솜씨로 유명하고 우무평도 창술로써 이름을 날렸으나, 어쩐 일인지 그녀는 창술하고는 거리가 먼 궁술(弓術)에 조예가 깊었다.

그러나 그녀가 명성을 날린 이유는 궁술보다도 그녀의 성격 때문이었다.

웬만한 사내대장부를 무색하게 만드는 담대하고 용맹한 성격, 그리고 과묵하며 예리하고, 또한 싸움이든 무엇이든 일단 손을 대면 절대 물러서는 법이 없었다.

“란아! 말이 지나치구나!”

급기야 우무평이 엄하게 우란을 꾸짖었다. 하지만 그 정도로는 그녀를 만류할 수 없다는 사실을 우무평도 단 씨네 사람들도 잘 알고 있었다.

태무악의 표정이 가볍게 변했다. 자신도 그렇게 생각하고 있었는데 우란이 정곡을 찔렀기 때문이다.

사실 그는 자신과 조철악, 사군악만의 힘으로, 그리고 열 곳의 반천루가 완성되어 천존의 돈줄을 죄기까지는 꽤 오랜 세월이 걸릴 것이라고 예상하고 있었다.

그러나 현재로서는 방법이 없다. 그러므로 더 좋은 방법이 생각나기 전에는, 설사 평생이 걸리더라도 이대로 밀고 나가는 수밖에 없는 것이다.

바로 그런 시점에 우란이 태무악의 계획을 정면으로 반박하고 나섰다.

물론 태무악은 상상을 초월하는 두뇌를 지녔기 때문에 조만간 기발한 방법을 생각해 낼 수도 있을 터이다.

그러나 기본적인 바탕, 즉 무림에 대한 경험이나 지식 같은 것들이 축적되어 있어야 계획을 세우고 기발한 방법도 생각해 낼 수 있는 것이다.

"어서 사과해라!"

이런 자리에서만큼은 딸의 과격한 행동을 막아야겠다고 작정한 우무평이 벌떡 일어나 우란을 닦달했다.

그러나 우란은 우무평에게 시선조차 주지 않고 똑바로 태무악을 주시한 채 꿈쩍도 하지 않았다.

"무슨 좋은 방법이 있느냐?"

그때 태무악이 우란에게 조용한 어조로 물었다.

그가 나섰으니 우무평이 딸을 제지하기는 틀린 일이다. 그는 씁쓸한 얼굴로 슬그머니 자리에 앉았다.

우란은 눈도 깜빡이지 않고 대답했다.

"쉽고 보편적인 방법이 가장 좋습니다."

밥을 먹으려면 수저로, 물고기를 잡으려면 그물이나 낚시로, 먼 길을 빠르고 편리하게 가려면 말이나 마차를 이용하는 것이 쉽고 보편적인 방법이다.

이것 이외의 방법으로도 밥을 먹고 물고기를 잡으며 먼 길을 갈 수 있으나 쉽지는 않다.

그러므로 매사는 가장 보편적이고 쉬운 방법이 가장 좋은 방법인 것이다.

"말해봐라."

"천존을 무림의 해악으로, 또는 원수로 여기는 사람들은 의외로 아주 많습니다. 그들을 끌어들여 조직을 이루면 당신들 세 명보다 훨씬 큰 힘을 발휘할 것입니다."

우란의 말은 과연 가장 쉽고 보편적인 방법이다.

하지만 태무악은 그런 방법을 생각해 본 적이 없다. 원수를 갚는 데 다른 사람의 힘을 빌리기 싫고, 원수를 나누기도 싫기 때문이다.

그런 태무악의 내심을 꿰뚫어 보기라도 하듯 우란이 냉정한 어조로 말을 이었다.

"당신이 무엇 때문에 천존을 원수로 여기는지는 모르겠으나, 무림의 수많은 사람들이 당신과 비슷하거나 그보다 더 처절한 원한을 천존에게 품고 있습니다. 그러므로 당신 혼자서 천존에게 원수를 갚겠다는 행위는 다른 사람들의 원한을 인정하지 않겠다는 이기적인 생각입니다. 강을 건너기 위해서 꼭 필요한 커다란 배가 한 척 있는데, 거기에 당신 혼자만 타야 한다는 욕심과 다를 바가 없는 것입니다."

"란아! 너 무슨 말을 그리 하느냐?"

우무평이 놀라서 이번만큼은 무력으로라도 우란을 제지하려고 했다.

"계속해라."

그때 태무악의 말이 우무평의 행동을 제지했다.

태무악은 방금 아주 간단한 이치에서 큰 깨달음을 얻었다.

그는 천하에서 천존에게 원한을 품고 있는 사람은 많지만, 그것을 실행할 사람은 자신뿐이라고 생각했었다.

이유야 어쨌든 상관없다. 아니, 이유 따윈 그다지 중요하지 않았다.

우란의 말처럼, 천존은 나의 원수니까 다른 사람은 건드려
서는 안 된다고 생각했는지도 모른다.

무조건 자신만이 천존을 죽여야 하기 때문에 다른 사람들은
절대 끼어들어서는 안 된다는 생각이 잠재적으로 깊이 박혀
있었던 것 같다.

우란의 말대로라면 그는 욕심, 즉 사욕을 부리고 있는 것이
다. 자신의 능력으로 천존을 죽일 수 있을지 없을지도 모르면
서, 그것이 가능하더라도 평생 걸릴지도 모르는 일인데, 나 아
니면 절대 안 된다고 억지를 부리는 것이다.

태무악의 머리가 빠르게 회전했다.

'천중신군을 누가 깨부수든 상관없다. 최후에 천존을 죽이
는 사람이 나라면 족하지 않은가.'

그는 내심 그렇게 생각한 후에 표정의 변화 없이 우란을 주
시했다.

"너라면 어떻게 하겠느냐?"

단현림과 우무평 등은 태무악의 속을 모르기 때문에 긴장된
표정이지만, 우란은 아랑곳하지 않고 자신이 생각하고 있는
바를 냉정한 목소리로 피력하기 시작했다.

第七十七章

가족(家族)

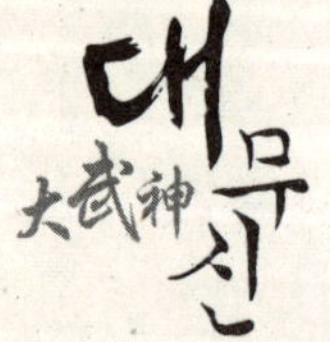

태무악이 북경성 내의 집에 도착한 것은 자정이 조금 지난 늦은 시각이었다.

합비성을 떠나서 북경성으로 오는 동안 그의 가슴과 머릿속을 가득 채웠던 것이 있었다.

그것은 북경성에 아직도 태상삼사자들이 머물고 있을까? 아니면 천중신군이 이번에는 어떤 계책을 꾸미고 있을까? 하는 것이 아니었다.

그의 이성은 천존에 대해서 생각하려고 애쓰고 있는 반면에, 그의 감정은 수피와 홍랑, 상금 부부와 아이들, 즉 한 지붕 아래에서 매일 마주치면서 함께 생활하던 사람들이 보고 싶다는 것으로 가득 차 있었다.

그리고 결국에는 감정이 이성을 누르고 그의 머릿속까지 지배를 하게 된 것이다.

그렇게 북경에는 돌아왔지만, 반천루에서 너무 오래 지체하는 바람에 집에 도착한 시각이 자정이 넘어버렸다.

평소에 상금네 온가족이 주루 일을 모두 끝내고 집에 돌아와서 자는 시각이 해시(亥時:밤 10시) 무렵인데 지금은 한 시진이나 지난 것이다.

태무악은 자신이 문을 두드리면 수피와 홍랑네 가족들이 몰려나와 반갑게 맞이해 주기를 기대했으나 지금으로선 내일로 미루는 수밖에 없게 되었다.

모두들 잠들어 있는 한밤중에 조철악과 사군악까지 세 사람이 우르르 집에 몰려들어 가면 식구들이 깨어나 무척 놀라고 당황할 것이기 때문이다.

예전에는 그에게 이런 배려하는 마음은 찾아볼 수 없었다. 아마도 수피와 상금네 가족을 보고 싶어하는 마음에서 배려심이 나온 듯했다.

그러므로 인간사 모든 관계가 정(情)에서 비롯된다는 말이 맞는 것이다.

그래서 결국 태무악은 골목 어귀에서 발길을 돌렸다.

오늘 밤은 근처 객점에서 자고 내일 날이 밝으면 다시 오려는 것이다.

그때 발길을 돌리던 태무악이 뚝 걸음을 멈추었다. 골목 안 자신의 집에서 두런거리는 사람 목소리가 흘러나오는 것을 감지했기 때문이다.

이 늦은 시각에 집 안에서 사람 목소리가 나다니…….

문득 태무악의 눈동자가 가볍게 흔들렸다. 목소리의 주인이 누군지 깨달은 것이다.

다음 순간 그의 모습은 순식간에 골목 안으로 사라졌다.

그리고 그 뒤를 조철악과 사군악이 따랐다.

태무악은 기척없이 담을 넘다가 가볍게 표정이 변했다. 대문 안쪽 마당에 세 명의 여자가 나란히 앉아 있는 모습을 발견한 것이다.

그녀들은 수피와 홍랑, 상금인데 한쪽 방향으로 나란히 무릎을 꿇고 앉아 두 손을 합장하고 있으며, 그녀들 앞에는 작은 찻상(茶床)이 있고 그 위에 놓인 사기 그릇에 맑은 물이 가득 담겨 있었다.

태무악이 그녀들 뒤 반 장 거리에 기척없이 내려서자 조철악과 사군악이 그의 좌우에 내려섰다.

태무악은 그녀들이 무엇을 하고 있는 것인지 짐작조차 하지 못했다.

어째서 이런 늦은 시각에 마당에서 물 한 그릇을 떠놓고 절을 하고 있는 것인지 영문을 알 수 없었다. 그런 광경은 생전 처음 보는 것이다.

세 여자는 태무악 등이 뒤에 서 있는 사실을 꿈에도 모른 채 무릎을 꿇고 계속 머리를 조아리고 두 손바닥을 비벼대면서 뭐라고 중얼거렸다.

그때 수피의 울음 섞인 애절한 중얼거림이 태무악의 귓전을 울렸다.

"천지신명이시여, 부디 우리 무악 나리를 보살피시어 아무 탈 없이 건강하게 돌아오시도록… 빌고 또 비나이다……."

그 말을 듣는 순간 태무악은 비로소 세 여자가 천지신명에게 자신의 무사 귀환을 기원하고 있다는 사실을 깨달았다.

수피는 못 보는 사이에 한어가 꽤 늘어서 말이 약간 어눌할 뿐이지 더듬거리지 않았다.

홍랑과 상금의 목소리도 들렸다. 그녀들 역시 태무악의 무사 귀환을 간절히 빌고 있었다.

찻상을 향해 나란히 꿇어 엎드린 세 여자의 뒷모습을 물끄러미 굽어보면서 태무악은 가슴이 뭉클해졌다.

문득 그는 자신이 집을 떠나 한 달여 동안 객지를 돌아다니면서 여러 위험한 고비를 넘기면서도 끝내 아무런 변고 없이 무사히 집에 돌아올 수 있었던 것이 세 여자가 매일 이처럼 빌고 있었기 때문일 것이라는 생각이 들었다.

조철악은 흐뭇한 미소를 지으며 세 여자를 응시했다. 그는 태무악에게서 이 집이나 여자들, 즉 가족에 대해서 아무런 설명도 듣지 못했으나 눈앞의 광경을 한 번 보고 대충 상황을 짐작할 수 있었다.

태무악은 조철악, 사군악과 결의형제를 맺었을 뿐 자신이나 주변 상황에 대해서 시시콜콜 설명하지 않았다.

일부러 감추려는 것이 아니라 구태여 그런 것을 설명해야 하는 것인지 잘 모르기 때문이다.

지금 이 자리에서 사군악은 나름대로 기묘한 감정에 휩싸이고 있었다.

사람 사는 세상에 어느 정도 적응해 가고 있는 그는 이곳이 태무악이 살던 집이며 눈앞에 있는 여자들은 그와 밀접한 관계가 있는, 즉 가족일 것이라고 짐작했다.

그리고 지금 그녀들이 태무악의 무사 귀환을 간절히 빌고 있는 것을 보고 뭐라고 표현하기 어려운 따스함과 포근함을 느끼고 있었다.

태무악은 세 여자를 놀라게 하지 않으려고 그녀들이 기원을 끝내고 일어나기를 기다렸으나 일각이 지나도록 일어날 기미를 보이지 않았다.

그래서 하는 수 없이 조용한 목소리로 입을 열었다.

“수피야.”

그때 태무악은 똑똑히 보았다. 꿇어앉아 이마를 바닥에 대고 있는 세 여자의 몸이 벼락을 맞은 듯 바닥에서 펄쩍 위로 튕겨 오르는 것을.

소스라치게 놀랐기 때문이다. 그중에서도 수피의 반응이 가장 격렬했다. 놀라게 하지 않으려는 태무악의 의도는 빗나가고 말았다.

수피는 펄쩍 뛰어올랐다가 바닥에 엎어지며 부르르 세차게 몸서리를 쳤다.

그녀와 두 여자는 놀라면서도 기대 어린 복잡한 표정을 지으며 뒤돌아보았다.

다음 순간 세 여자의 눈이 더할 수 없이 커지고 얼굴 가득 대경실색이 떠올랐다.

세 여자는 모두 엎드린 자세로 태무악을 올려다보았다.

그녀들은 눈을 깜빡이면서 자신들이 지금 보고 있는 사람이 허상인지 실체인지를 가늠했다.

그 순간 수피가 주춤주춤 무릎걸음으로 다가와 태무악 앞에 멈추더니 그를 올려다보며 더듬거렸다.

“나리…인가요?”

태무악은 두 손으로 그녀의 어깨를 잡아 가뿐하게 일으켜 세우며 말했다.

"나를 나리라고 부르지 말라고 했잖느냐?"

"아아……."

수피는 여전히 눈부시게 아름다웠으나 태무악이 떠나기 전
보다 많이 야윈 모습이었다.

태무악은 그녀가 야윈 것이 자신을 걱정했기 때문이라는 생
각이 들자 가슴 한구석이 따스하면서도 쓰라렸다.

"이제부터는 오빠라고 부르거라."

전영을 여동생으로 받아들였거늘 그녀보다 더 가까운 수피
야 이를 말이겠는가.

문득 태무악은 예전에 수피, 홍랑 등과 함께 생활할 때 자신
이 그녀들에게 너무도 무뚝뚝했었다는 사실을 깨달았다.

그녀들의 가없는 헌신과 복종을 두 눈으로 뻔히 보면서도
바윗덩이처럼 꿈쩍도 하지 않고 오히려 그녀들을 차갑게 뿌리
쳤던 그였었다.

지금 생각하니 왜 그랬었는지 후회스러웠고, 그런 것을 묵
묵히 참은 그녀들이 고맙고 또 가여웠다.

수피의 너무도 아름다운, 보석처럼 푸른 커다란 두 눈에 눈
물이 가득 고여들었다.

"나리… 나리가 맞군요."

오빠라고 부르라 했건만 그녀는 알아듣지 못한 모양이다.

태무악은 손을 들어 부드럽게 수피의 뺨을 어루만졌다.

“잘 있었느냐?”

지난날의 처참했던 기억을 매일 밤 악몽으로 꾸는 바람에 태무악이 곁에 없으면 잠을 이루지 못하는 수피였다.

태무악을 바라보는 수피의 얼굴에 반가움과 기쁨이 파도처럼 넘실거리더니 곧 울음을 터뜨리면서 온몸으로 그의 품에 뛰어들었다.

“으아앙! 나리!”

육체는 무르익어서 건드리기만 해도 터질 것 같은 여인이지만 아직 십육 세밖에 안 된 어린 수피다.

천하에서 오직 한 명뿐인 자신의 보호자이며 절대자인 태무악을 떠나보내고서 얼마나 가슴을 졸이면서 그리워했을지 이제야 태무악은 아주 조금 알 수 있을 것 같았다.

수피는 태무악 가슴에 얼굴을 묻고 두 팔로 그의 허리를 꼭 끌어안은 채 그의 몸속으로 들어가기라도 할 듯 몸을 밀착시키면서 더없는 기쁨에 몸을 떨며 흐느꼈다.

태무악은 한련초로 염색한 그녀의 검은 머리카락을 쓰다듬고 부드럽게 등을 어루만졌다.

예전 같으면 귀찮다고 그녀를 매몰차게 밀쳐 버렸겠지만, 지금은 그러지 않았다.

오히려 수피를 안고 있으니 집에 돌아왔다는, 그리고 가족을 다시 만났다는 감회가 샘물처럼 솟구쳤다.

“어디 봐요, 나리 얼굴을……”

한동안 흐느껴 울던 수피가 고개를 들어 태무악의 얼굴을 올려다보았다.

그러면서도 그의 허리를 안은 두 팔을 풀지 않았다. 팔을 풀면 그가 멀리 날아가 버리기라도 할 것 같았기 때문이다.

눈물범벅인 수피의 얼굴은 야위었으나 보름달처럼 환하게 빛났다.

그때 태무악은 그녀가 매우 아름답다는 사실을 처음으로 깨달았다.

그러나 그것은 그녀를 여자로서가 아닌 그저 한 사람으로 보는 시각일 뿐이다.

수피는 태무악의 얼굴을 빤히 올려다보면서 꿈을 꾸듯이 종알거렸다.

“너무나 멋진 우리 나리. 수피의 목숨보다 더 소중한 나리. 정말 나리가 맞군요.”

“수피……”

그 말에 태무악은 가슴을 쥐어짜는 듯한 뭉클함을 느꼈다.

뭔지는 알 수 없지만, 수피가 가족이라는 것에서 한 걸음 더 가까운 존재로 여겨졌다.

그러면서 그녀가 추억 속의 어떤 한 사람과 비슷한 느낌으로 성큼 다가왔다.

주령, 그녀였다.

평소에 태무악이 주령을 생각하던 그 묘한 느낌을 수피에게서 지금 느낀 것이다.

그때 수피가 발끝을 들어 올려 까치발을 딛는가 싶더니 자신의 새빨간 입술을 태무악의 두툼한 입술에 부딪쳤다.

누구에게 입맞춤을 배운 적도 없는 그녀지만 본능에 몸을 내맡긴 것이다.

"……."

태무악이 어떻게 할 사이도 없었다. 아니, 그는 여자가 입을 맞춘다는 것이 무슨 의미인지도 알지 못하기 때문에 수피가 입을 맞추려고 하는데도 가만히 있었다.

예전에 태무악은 주령과 입을 맞춘 적이 여러 번 있었으나, 그것은 귀식대법을 하고 있는 그녀에게 숨결을 불어넣어 주기 위해서였다.

그러므로 남녀 사이의 순수한 입맞춤은 이것이 처음이라고 해야 옳다.

처음이긴 수피도 마찬가지다. 그녀는 십육 년 동안 자신의 몸종과 유모 외에는 벗은 몸조차도 보인 적이 없었다.

그녀는 단지 태무악과 입을 맞추고 싶다는 열망에 순응하고 있을 뿐이다.

그녀는 태무악을 너무도 사랑하고 있지만, 그것이 사랑인지도 모른다.

수피의 매끄러운 혀가 태무악의 입속으로 스르르 미끄러져 들어왔다.

그러나 태무악은 놀라지 않았다. 다만 기분이 몹시 좋고 짜릿하다는 느낌만 들었다.

두 사람의 혀가 닿았고, 태무악은 가만히 수피의 혀를 빨아들였다. 그 역시 이 순간만큼은 본능에 따랐다.

순간 수피의 늘씬한 몸이 부르르 세차게 떨렸다.

태무악의 허리를 끌어안고 있는 그녀의 두 팔에 더욱 힘이 들어갔다.

그때 태무악이 그녀의 혀를 힘껏 빨아들인 후에 놓아주며 입술을 뗐다.

무언가 이상한 느낌을 받은 것이다. 그것은 생전 처음 느끼는 것인데, 갑자기 몸이 뜨거워지고 음경에 잔뜩 힘이 들어가면서 부풀어 오르는 것 같은 느낌이었다.

그래서 본능적으로 '이것은 이상하다' 라고 느끼고 입맞춤을 끝낸 것이다.

수피는 촉촉한 입술을 반쯤 벌린 채 뭔가 안타까운 표정으로 태무악을 물끄러미 바라보았다. 그 안타까움이 무엇인지 그녀도 모른다.

태무악은 그녀의 머리카락을 쓰다듬다가 자신을 바라보고

있는 홍랑과 상금을 발견했다.

두 여자 역시 비 오듯이 눈물을 흘리며 기쁜 표정을 짓고 있었다.

상금은 먼 길을 떠난 아들이 무사히 돌아온 듯 더없이 기쁜 표정이고, 홍랑은 뭔지 모를 복잡한 표정이었다.

아담한 체구의 홍랑은 깨물어주고 싶도록 귀여운 얼굴이 발갛게 상기되어 하염없이 눈물을 흘렸다.

태무악은 그녀들에게 빙그레 미소를 지어 보이며 두 팔을 활짝 벌려 보였다.

그러자 두 여자는 이끌리듯 주춤주춤 태무악에게 다가왔다.

태무악은 그녀들을 부드럽게 끌어안았다.

그의 넓은 가슴과 긴 팔은 세 여자를 한꺼번에 끌어안고도 남았다.

태무악은 두 팔에 조금 더 힘을 주어 세 여자를 꼭 끌어안으며 내심 생각했다.

'이들이 내 가족이다.'

태무악이 돌아왔다는 소식에 곤히 자고 있던 구당림과 두 아이, 남매인 화군과 명건이 깨어나 한달음에 거실로 우르르 달려와 인사를 하느라 한동안 시끌벅적했다.

한바탕 소동이 지나간 후, 가족들의 시선이 한쪽에 나란히

서 있는 조철악과 사군악에게로 향했다.

태무악은 집에 사람을 데리고 온 적이 없기 때문에 모두들 호기심이 가득한 표정이다.

태무악이 엷은 미소를 지으며 두 사람을 소개했다.

"형님과 아우야."

그 말이면 족하다. 더 이상 설명이 필요치 않다. 태무악을 절대적으로 신봉하는 이들 가족에게는.

모두들 조철악과 사군악에게 예를 취하면서 진심으로 두 사람을 환영했다.

세상 경험이 풍부한 조철악은 이들 가족이 더없이 선량하고 또 태무악을 진심으로 믿고 아낀다는 사실을 어렵지 않게 느낄 수 있었다.

온가족이 거실의 커다랗고 둥근 탁자에 둘러앉았다.

"좋구나, 무악아."

조철악은 기분이 좋아서 미소를 그치지 않았다.

어렸을 때에는 천애 고아로, 커서는 부평초처럼 천하를 떠돌면서 평생 홀몸으로 살아온 그다.

태무악은 무간옥이라는 특수한 환경에서 자랐기 때문에 그렇지만, 조철악은 세상과 인간에 대한 불신 때문에 마음의 문을 철벽처럼 닫고 살아왔었다.

그랬던 것이, 태무악은 조철악으로 인해서, 조철악은 태무악으로 인해 마음의 철벽을 허물기 시작했다.

그리고 또 한 사내 사군악의 마음의 벽에도 가느다란 균열이 가고 있었다.

"그런데 무악아."

"네, 형님."

조철악이 울상을 지었다.

"먹을 것을 좀 주면 기분이 더 좋아질 것 같다."

"아……."

우르릉! 콰릉!

조철악이 얼마나 배가 고픈 상황인지 그의 배가 대신 설명을 해주었다.

"아이구! 이런! 내 정신 좀 봐!"

그제야 상금이 퍼뜩 정신을 차리고 부리나케 주방으로 달려갔고 홍랑과 수피가 그 뒤를 따랐다.

그러자 달려가던 상금이 뒤돌아보며 수피에게 말했다.

"수피 아가씨는 나리와 함께 계세요."

"그래도 돼?"

태무악 곁에서 한시도 떨어지고 싶지 않은 수피는 걸음을 멈추고 태무악을 돌아보며 머뭇거렸다.

"음식 준비는 랑이와 둘이서 충분해요."

"호홋! 알았어!"

상금의 대답이 들려올 때 수피는 이미 태무악 곁에 찰싹 달라붙어 앉고 있었다.

"최고다! 내 평생 이렇게 맛있는 요리는 처음 먹어본다!"

조철악은 요리를 먹으면서 연신 엄지손가락을 치켜세우며 감탄을 터뜨렸다.

상금이 반 시진 만에 뚝딱 만들어온 요리는 여러 가지였고, 향기만으로도 배고픈 사람의 숨이 넘어가게 만들기에 충분했다.

얼마나 요리가 맛있는지 조철악은 그토록 좋아하는 술을 아직 한 모금도 마시지 않았다.

그뿐이 아니라 먹는 것에 대해서는 별로 관심이 없는 사군악까지도 요리 그릇에 코를 처박은 채 죽기 살기로 먹기에만 열중하고 있었다.

태무악도 별반 다르지 않았다. 집에서 늘 상금이 해주는 요리를 먹을 때에는 몰랐었는데, 막상 집을 떠나 객지에서 입에 맞지 않는 식사를 할 때에는 상금의 요리 생각이 절로 났었다.

상금과 가족들은 식사를 하지 않고 세 사람이 먹는 것을 흐뭇하게 바라보기만 했다.

수피는 거의 태무악 품에 안기다시피 한 채 맛있는 요리들을 집어 그의 밥에 얹어주거나 입에 넣어주며 더할 수 없이 행복한 표정을 지었다.

홍랑도 태무악 옆으로 가고 싶어서 몇 번이나 아담한 궁둥이를 들썩였는데, 그때마다 상금이 그녀의 허벅지를 꾹 눌러서 앉혔다.

조철악은 입에 하나 가득 든 요리를 우걱우걱 씹으면서 상금에게 칭찬을 아끼지 않았다.

"저저(姐姐)! 요리 솜씨가 실로 신의 경지요! 북경성에 주루를 내면 돈을 긁어모으겠수다!"

상금은 화들짝 놀라 어쩔 줄을 몰라 했다.

"저저라니요! 저희는 나리를 모시는 천한 것들이니 말씀을 낮추세요."

조철악은 부리부리한 눈을 데룩거렸다.

"그럼 뭐라고 부르라는 것이오?"

"'여봐라' 든지… 제 이름이 상금이니 이름을 부르시든지……."

태무악은 가만히 젓가락을 내려놓았다. 나이 육십이 넘은 조철악이 상금을 저저, 즉 누님이라고 부르는 것은 옳지 않다.

그렇지만 상금과 그의 가족은 하인이 아니다. 태무악은 한 번도 그렇게 생각한 적이 없었다.

하지만 예전의 그는 과묵하고 냉정했기 때문에 상금네 가족은 그가 암묵적으로 상전이라는 사실을 인정하는 것이라고 생각했을 수도 있다.

　예전에는 그랬을지 모르겠으나 지금은 아니다. 태무악은 이들을 가족이라 여기고 있지 않은가. 그런데 어찌 나이 많은 사람들의 이름을 부를 수 있겠는가.

　결국 그는 지금 이 자리에서 그 문제를 바로잡아야겠다고 생각했다.

　그러기 위해서는 태무악 자신이 입장을 분명하게 밝혀야만 할 것이다.

　그는 나란히 앉아 있는 상금 부부를 쳐다보았다.

　그러자 상금 부부는 얼어붙듯 경직된 자세와 표정이 되었다.

　태무악은 그들의 그러한 몸에 밴 습관이 싫었다. 이것 역시 전에는 몰랐던 것인데 이제야 깨닫게 되었다.

　태어나서 이날까지 천한 하층민으로 살아왔기 때문에 굽실거리는 것과 강한 사람 앞에서 위축되는 것이 몸에 배어서 그럴 터이다.

　그렇게 생각하니 문득 태무악은 그들이 가엾다는 생각이 들었다.

　가족이라고 생각하니까 가여운 것만이 아니라 고쳐야 할 것이 한두 가지가 아니었다.

　태무악은 되도록 온화한 표정을 짓고 부드러운 목소리를 내려고 애쓰면서 상금에게 말했다.

"나는 이제부터 당신을 상 이모(湘姨母)라고 부르겠습니다."

"……."

처음에 상금은 그게 무슨 말인지 조금도 알아듣지 못했다.

태무악은 이번에는 구당림을 보며 부드러운 미소를 지었다.

"그럼 당신은 이모부가 되겠지요."

"소… 소인은……."

구당림은 벌떡 일어서며 손을 휘이휘이 젓는데 경악한 표정으로 말을 잇지 못했다.

태무악은 내친김에 홍랑과 화군, 명건을 두루 가리켰다.

"너희는 나를 오빠와 형이라고 불렀으면 좋겠다."

상금 가족이 대경실색하고 있는 것과는 달리 조철악은 빙그레 미소를 지으며 사태의 추이를 지켜보았다.

이때만큼은 사군악도 먹는 것을 멈추고 흥미있는 표정으로 사태를 지켜보았다.

싸울 때, 혹은 일을 처리할 때 추호도 머뭇거리지 않고 일사천리로 처리하는 태무악의 솜씨는 이 자리에서도 유감없이 발휘됐다.

그는 상금네 가족을 두루 둘러보았다.

"내 의견에 반대하는 사람 있습니까?"

아무도 나서지 않았다. 찬성, 반대가 문제가 아니라 경악해서 어떻게 해야 할 줄을 모르는 것이다.

"그럼 이제부터 우린 가족입니다, 진짜 가족."

태무악은 '진짜'라는 말에 힘을 주었다.

"나… 나리……."

"무악 형님!"

구당림이 정신이 반쯤 나간 얼굴로 입을 여는데 막내인 일곱 살짜리 명건이 환하게 웃으면서 태무악을 불렀다.

그러자 상금 부부는 식겁한 얼굴로 급히 명건의 입을 막으려고 했다.

그러자 태무악은 미소를 지으며 명건을 보면서 고개를 끄덕였다.

"그래, 건아."

"헤헤! 그냥 불러봤어요. 나리를 무악 형님이라고 부르니까 너무 좋아요. 헤헤!"

명건은 천진난만하게 웃으며 태무악에게 다가가 그의 무릎에 냉큼 올라앉았다.

"거… 건아……."

사색이 된 상금 부부가 몸서리를 치는데, 오히려 명건은 작은누나 화군을 불렀다.

"작은누나도 이리 와서 무악 형님 무릎에 앉아봐. 헤헤! 푹신하고 널찍해서 좋아."

십삼 세의 화군은 부모의 눈치를 보면서 갈까 말까 망설이고 있었다.

태무악처럼 훌륭한 오라버니를 갖게 되는 것은 정말 멋진 일이지만, 부모의 불호령도 무서웠다.

그때 옆에 앉은 홍랑이 의자에서 반쯤 일어난 상태인 화군의 엉덩이를 들어 올려 태무악 쪽으로 슬쩍 밀었다.

태무악에게 마음이 절반 이상 가 있던 화군은 이참에 쪼르르 다가가 태무악의 남은 무릎에 폴짝 올라앉았다.

태무악은 화군, 명건 남매를 양쪽 무릎에 앉힌 채 상금 부부를 쳐다보며 빙그레 미소 지었다.

"허락해 주십시오. 나는 여러분하고 진짜 가족이 되고 싶습니다."

상금 부부는 평소에 태무악이 장난은커녕 농담조차 한마디 하지 않는다는 것을 잘 알고 있다.

그렇다면 이것은 자신들의 눈앞에서 벌어지고 있는 생생한 현실인 것이다.

두 사람은 더 이상 침묵하고 있을 수 없다고 생각했다.

태무악은 인내심있게 기다리고 있으나 오히려 이 침묵이 두 사람을 숨 막히게 압박했다.

상금과 구당림은 몹시 긴장한 표정으로 서로의 얼굴을 한차례 마주 쳐다본 후 마른침을 삼키고는 태무악을 보며 꾸벅 허리를 깊숙이 굽혔다.

"잘 부탁드립니다."

태무악이 난감한 표정을 지으며 무릎에 앉은 두 아이를 내려놓으려는 시늉을 해 보였다.

"이모와 이모부가 허리를 굽히면 조카는 무릎을 꿇고 절을 해야 마땅하겠지요?"

상금 부부는 얼굴이 새하얗게 질려서 어쩔 줄을 몰라 했다.

"나… 나리……."

"음! 두 분이 나를 나리라고 부르면 나는 뭐라고 불러야 합니까?"

"아… 소인은……."

그때 조철악이 손바닥으로 탁자를 가볍게 두드렸다.

탁탁탁!

"그만! 그만! 이렇게 하자!"

모두 조용해지자 그는 태무악을 가리키면서 상금 부부에게 짐짓 엄숙하게 말했다.

"거기 두 사람이 지금 무악의 이름을 부르지 않는다면, 조카로 받아들이기 싫은 것으로 간주하고 이 일은 없었던 것으로 하자. 어떠냐?"

태무악은 고개를 끄덕였다.

"그러겠습니다."

모두들 제각각의 표정으로 상금 부부를 주시했다.

상금 부부는 식은땀을 뻘뻘 흘리면서 전전긍긍했다. 그들은 차마 태무악의 이름을 부를 수가 없었다. 그것은 천벌을 받을 일이기 때문이다.

모두들 기다렸으나 상금 부부는 끝내 태무악의 이름을 부르지 않았다. 아니, 못했다.

슥—

결국 태무악은 일어나서 자신의 방으로 걸어갔다.

"오늘 일은 없었던 것으로 합시다."

그의 목소리는 예전의 무심함으로 돌아가 있었다.

상금과 홍랑의 얼굴에 절박함이 가득 떠올랐다.

태무악이 방문에 손을 댔을 때, 갑자기 등 뒤에서 상금의 쨍! 하는 목소리가 들렸다.

"무악아! 벌써 자려는 것이냐?"

"어… 엄마……."

"여보……."

홍랑과 구당림이 깜짝 놀라며 쳐다보자 상금은 성큼성큼 태무악에게 다가가서 그의 손을 잡고 탁자로 이끌었다.

"무악아, 우리가 가족이 된 오늘같이 기쁜 날은 다 함께 마셔야지, 벌써 자서야 되겠느냐?"

홍랑과 구당림은 심장이 콩알처럼 오그라들어 그 광경을 지켜보았다.

　태무악은 환하게 웃으며 팔로 상금의 어깨를 감싸고 탁자로 다가와 의자에 앉았다.

　"하하하! 잘 알겠습니다, 이모!"

　그날 밤에 상금은 대취하여 태무악의 곁에 붙어 앉아서 얼굴과 손을 어루만지며 끊임없이 그의 이름을 불러댔다.

第七十八章

측근(側近)

대무신
大武神

수피의 방에는 지난 한 달 사이에 약간의 변화가 생겼다.

목욕을 너무나 좋아하는 그녀를 위해서 상금이 옆방을 터서 그 방을 목욕실로 만들어준 것이다.

인시(寅時:새벽 4시)가 다 되어가는 늦은 시각이지만 태무악은 목욕을 하러 목욕실에 들어갔다.

커다란 목욕통 속에는 따뜻하게 데워진 맑은 물이 수증기를 뿜어내며 적당히 담겨 있었다.

목욕통 속에 들어가 온몸을 담근 그는 잠시 후 피로가 서서히 가시는 것을 느꼈다.

그때 목욕실 문이 열리고 알몸의 수피가 아무렇지도 않은 듯 들어섰다.

예전에 두 사람은 함께 목욕을 한 적이 한 번도 없다. 태무악이 원하지 않았기 때문이다.

태무악은 눈을 뒤집어쓴 듯 너무도 흰 살결에 늘씬하고 풍만한 몸을 출렁이면서 목욕통으로 다가오는 수피를 태연하게 바라보았다.

중원 사람하고는 체격이 다른 그녀의 몸매는 실로 완벽한 수준이었다.

갓난아기 머리통만 한 크고 탐스러운 두 개의 젖가슴이지만, 조금도 처지지 않아서 걸음을 옮길 때마다 상하좌우로 탱탱하게 출렁거렸다.

태무악의 큰 손으로 쥐면 한 움큼도 되지 않을 듯한 가느다란 허리와 그 아래 늘씬하고 긴 다리가 가지런히 뻗어 있다.

그리고 허벅지 깊숙한 곳의 은밀한 부위는 노랗고 수북한 털로 덮여 있었다.

첨벙!

수피는 조금도 망설임없이 목욕통으로 들어와 태무악의 품에 안겨들었다.

책상다리로 편안하게 앉아 있는 태무악 위에 수피가 앉아 그의 가슴 안쪽에 등을 기댄 자세다.

목욕통이 크다고는 하지만 태무악처럼 큰 체구와 수피가 함께 있기에는 약간 좁았다.

그렇지만 두 사람은 조금도 불편하지 않았다. 수피는 등과 엉덩이를 태무악에게 바짝 밀착시키고 그의 어깨에 머리를 기댄 채 최대로 편한 자세를 취했다.

그녀가 태무악의 귀에 입술을 대고 달콤하게 속삭였다.

"나리께서 돌아와서 너무 좋아요."

오빠라고 부르래도 좀처럼 고치지 못하는 수피다.

태무악은 날이 밝으면 해야 할 일에 대해서 이것저것 생각하다가 수피가 가늘게 코를 고는 소리를 들었다.

매일 밤 악몽에 시달리던 그녀는 한 달여 만에 태무악의 품에서 안식을 찾고 금세 잠이 들어버린 것이다.

*   *   *

한바탕 전쟁을 치른 듯했다.

실내에는 아직도 살이 타는 매캐한 냄새가 가득했고, 여기저기에서 고통스러운 신음 소리가 흘러나왔다.

북경성 내 어느 장원에 불이 나서 여러 명이 불에 타거나 질식해서 죽고, 수십 명이 화상을 입은 몸으로 이곳 무령원에 실려 들어온 것은 반나절 전 자정 무렵의 일이었다.

주령을 비롯한 의원들의 신속한 처치와 치료가 아니었다면 십오륙 명 이상이 목숨을 건지지 못했을 것이다.

"후우……."

반나절 동안 한시도 쉬지 않고 화상 환자들을 치료한 화운성은 낮은 한숨을 토해내며 이마의 땀을 닦았다.

그는 삼백 년 내공을 지닌 등봉조극의 절정고수인데도 적잖이 피로를 느꼈다.

치료는 내공으로 하는 것이 아니다. 그것은 고도의 집중력과 인내심, 그리고 무한한 자비를 필요로 하는 것이다. 거기에 부수적으로 필요한 것이 강인한 체력이다.

오늘 밤에 무령원에 있던 의원은 주령과 화운성을 비롯하여 총 네 명이었다.

당직 의원은 두 명뿐이지만 주령과 화운성은 무령원에서 숙식을 하기 때문에 한밤중에 들어오는 환자는 언제나 그들 몫이다.

화운성은 허리를 펴고 주위를 둘러보았다. 실내 양쪽에 치료를 받은 수십 명의 화상 환자들이 즐비하게 눕혀져 있는 모습이 시야에 들어왔다.

실내가 자욱한 것은 환자들의 살이 익는 냄새만이 아니라 온갖 약초 냄새까지 뒤섞여서 보통사람이라면 잠시도 참지 못할 정도로 지독했다.

화상 환자들의 치료가 끝나기 한 시진쯤 전에 당직 의원 두 명과 세 명의 보조 치료사가 극도로 지쳐 있는 모습을 본 주령은 가서 쉬라고 지시했다.

이후 한 시진 동안 주령과 화운성 두 명이 치료를 전담했으니 강행군도 이런 강행군이 없다.

넓은 실내를 둘러보던 화운성의 얼굴에 문득 가볍게 어이없다는 표정이 떠올랐다.

그의 시선이 멈춘 곳은 넓은 실내의 한쪽 구석 흐릿한 유등 아래였다.

그곳에서 주령이 몸을 옹송그리고 앉아서 환자를 치료하고 있는 모습이 보였다.

화운성은 치료가 끝난 줄 알았는데 아직 한 명이 남아 있었던 것이다.

주령을 바라보는 그의 얼굴에 감탄의 기색이 떠올랐다. 그가 다른 사람을 보고 감탄했던 적은 단 한 번 있었다. 바로 그의 사부가 그를 감탄시켰었다.

이후 그는 죽을 때까지 자신을 감탄시킬 사람을 만나지 못할 것이라고 여겼는데, 이곳 무령원에서 그 대상을 찾아낸 것이다.

'대단한 여자다. 나는 비단 저런 여자를 처음 볼 뿐만 아니라 남녀를 통틀어 저렇게 훌륭한 사람이 있다는 말조차 들어본 적이 없다.'

사부는 다른 방면으로 그를 감탄하게 했었다. 사부와 주령은 완전히 극단적으로 다른 사람이다.

화운성의 방금 생각은 지난 사십여 일 동안 가까운 곳에서 주령이라는 한 여자를 지켜본 것에 대한 종합적인 결론 같은 것이다.

그가 지켜본 주령은 환자를 치료하거나 무령원을 꾸려 나가는 것 이외의 일은 일체 하지 않았다. 그녀에겐 사생활 같은 것이 아예 없는 듯했다.

절대적인 아름다움. 절대적인 선함. 절대적인 자비. 절대적인 자기희생. 절대적인 숭고함과 고결함 등······.

주령은 그런 완벽한 절대적인 많은 것들을 한 몸에 지니고 있는 여자, 아니, 여신(女神)이었다.

화운성은 사문을 떠나 지난 이 년여 동안 천하를 주유하면서 수많은 것들을 경험하고 배웠으나, 그것들을 죄다 합쳐도 이곳 북경성에서 얻은 수확에는 비할 수가 없었다.

바로 옥선 주령이다.

화운성은 옥선을 단지 한 명의 여자로만 보지 않는다.

그녀는 인간이 갖춰야 할 모든 것을 지니고 있다.

화운성은 건방지거나 자만하는 성격은 아니지만, 언제나 자신을 완벽에 가까운 사람이라고 자평해 왔었다.

그런데 그는 자신과 비슷한, 아니, 어쩌면 능가할지도 모르는 사람을 찾아낸 것이다.

수많은 남자들이 성녀 옥선을 연모하고 또 실제로 어떻게 해보려고 접근하며 행동을 취하기도 하지만, 화운성은 그런 남자들하고는 근본적으로 다르다.

어쨌든 그는 지금 옥선을 바라보면서 한 가지 중대한 결정을 내렸다.

'옥선을 나의 반려자로 맞이하겠다.'

그는 빠르게 주령에게 다가가 그녀 옆에 웅크리고 앉았다.

"열기 때문에 허벅지가 짓무르고 있소. 찬물로 열기를 식혀야겠소."

콧등과 이마에 작은 땀방울이 송알송알 맺힌 주령이 환자의 가슴 부위를 치료하면서 방그레 미소를 지으며 그를 바라보았다.

"부탁해요, 화 상공."

화운성은 즉시 일어나지 않고 치료에 몰두하고 있는 주령의 약간 숙인 옆얼굴을 뚫어지게 응시했다.

지금 그의 눈에 비친 주령의 모습은 천하에서 가장 실력있는 화공이 심혈을 기울여서 그려도 표현해 내지 못할 만큼 아름다웠다.

더구나 추호의 사심도, 대가도 원하지 않고 자신을 온전히 희생하면서 자비를 베풀고 있는 여자의 아름다움이 화운성의 마음을 송두리째 사로잡고 있었다.

그는 주령을 바라보느라 찬물을 가지러 가야 한다는 사실을 잊고 있었다.

*　　　*　　　*

　조철악은 어디서나 흔하게 볼 수 있는 장사꾼 복장에 반백의 수염을 만들고, 사군악은 서생의 모습으로 변장을 한 채 북경성 거리로 나섰다.

　조철악이 회명부에서 얻은 금혈강철로 도를 만들러 철기방(鐵器房)으로 가는 길이었다.

　사군악은 더 이상 무간자가 아니지만 무간자의 습성은 아직 몸과 정신에 많이 남아 있다.

　이제 그는 무간자처럼 행동하지 않는다. 그러나 무간자의 습성은 그의 속에 깊숙이 감춰져 있다.

　그리고 사람들 사는 세상을 마른 모래가 물을 흡수하듯이 빨아들이는 것도 무간자의 습성이다.

　그는 산책 나온 사람처럼 느긋하게 걸으면서도 날카롭게 주위를 살폈다.

　태무악은 거리에 나가는 길에 혹시 수상한 기운이 있는지 살펴보라고 지나가는 말로 했다.

　물결처럼 오가는 수많은 행인 중에서, 그리고 언제나 변함이 없는 거리의 풍경에서 평범한 무림인들은 백 번 죽었다가 깨어나도 수상한 기운을 감지하지 못한다.

그러나 무간자였던 사군악은 다르다. 그의 이목은 달빛과 공기조차도 가를 만큼 잘 벼려져 있는 한 자루 칼과 같다.

조철악과 사군악은 태연하게 거리를 걸어가지만, 기실 두 사람은 스쳐 지나가는 행인들의 모습과 표정, 대화까지도 놓치지 않았다.

"군악아, 너는 검이 좋으냐. 칼이 좋으냐?"

철기방에서 자신의 도를 주문한 조철악이 입구에 서서 거리를 지켜보고 있는 사군악을 불렀다.

사군악이 무표정한 얼굴로 돌아보자 조철악은 빙그레 미소 지었다.

"쇠가 삼십 근 정도 남는다니까 너도 마음에 드는 무기를 하나 만들어라."

사군악은 골똘히 생각에 잠기더니 잠시 후 철기방 안으로 들어가 주인에게 자신이 원하는 무기에 대해 설명하기 시작했다.

정오 무렵.

전영은 내일 먼 길을 떠나기 전에 태무악에게 인사를 드리러 북경성 그의 집으로 가는 길이었다.

그녀의 뒤에는 우란이 당당한 모습으로 따르고 있었다. 태무악에게 할 말이 있다면서 전영을 따라나선 것이다.

전영은 북경성 밖 불야향가에 짓고 있는 반천루 외에 천하 아홉 곳에 아홉 채의 반천루를 짓기 위해서 내일 몇몇 사람을 이끌고 출발한다.

그때 느닷없이 두 명의 사내가 전영의 앞을 가로막았다.

"여어~! 이게 누구야? 교월 아니냐?"

"요즘 기루에 안 보이던데 그만뒀느냐?"

그들은 북경성 외곽의 어느 방파의 당주들로 예전에 전영이 기녀로 있던 기루의 단골들이다. 교월은 전영이 기녀 때 사용하던 예명이다.

그들은 기루에서 술을 마시고 외상을 달아놓기 일쑤고, 술버릇이 고약하며 기녀들을 못살게 굴기로 소문난 파락호들이었다.

걸음을 멈춘 전영은 가볍게 당황한 표정을 지었으나 곧 침착하게 말했다.

"비키세요."

"호오……. 오랜만에 만났는데 이대로 헤어지긴 섭섭하지. 우리 어디 객점이라도 가서 화끈하게 한판 어떠냐, 응?"

그러나 두 사내는 비키기는커녕 오히려 전영에게 더 가깝게 다가들며 치근거렸다.

그러면서 그중 한 사내가 전영에게 몸을 밀착시키면서 손을 뻗어 그녀의 아랫도리를 더듬었다. 술이 취해 기루에서 기녀들에게 하던 행세였다.

아무리 침착한 전영이지만 백주에 이런 추행을 당하고 보니 얼굴이 붉어지고 당황할 수밖에 없다.

"왜 이러세요? 그만……."

콱!

전영이 당황해서 급히 물러나려는데, 갑자기 하나의 손이 전영의 허벅지 안쪽을 더듬고 있는 사내의 팔뚝을 거칠게 움켜잡았다.

"어… 넌 뭐냐?"

사내는 자신의 팔을 잡은 채 철탑처럼 우뚝 서 있는 우란을 보면서 눈을 부라렸다.

우두둑!

"끄아악!"

우란이 외눈 하나 까딱하지 않고 사내의 팔을 수수깡 자르듯이 분질러 버리자 그는 처절한 비명을 터뜨렸다.

창!

"이년이 죽으려고 환장을 했구나!"

정신을 못 차린 사내의 동료가 득달같이 어깨의 도를 뽑으면서 우란에게 짓쳐들었다.

퍽!

"끅!"

그러나 그보다 우란의 발끝이 사내의 사타구니를 강하고도 짧게 걷어차는 것이 조금 더 빨랐다.

사내는 허공으로 붕 떠올랐다가 길바닥에 쓰러져서 입에 거품을 물고 두 손으로 사타구니를 움켜잡은 채 온몸을 개구리처럼 바들바들 떨어댔다.

"갑시다."

구경꾼들이 몰려들기 시작하자 우란은 전영의 팔을 잡고 빠른 걸음으로 그곳을 빠져나왔다.

두 사내가 나뒹굴어 있는 곳에서 이십여 장쯤 떨어진 곳에 이르자 우란이 전영을 잡았던 팔을 놓아주면서 걸음을 늦추었다.

그런데 전영은 우란을 보며 냉엄하게 꾸짖었다.

"우 여협은 방금 실수를 했어요. 다음부터는 절대 그런 식으로 나서지 말아요."

우란은 짙은 눈썹을 꿈틀거리며 무슨 말이냐는 듯 전영을 쏘아보았다.

전영은 긴 치마를 발끝으로 가볍게 차듯이 걸음을 옮기면서 차분하고 나직하게 입을 열었다.

"지금 북경성 내에는 천중신군이 득실거리고 있어요. 그런데 우 여협은 무림에서 조금이라도 알려진 무림고수가 아닌가요? 만약 우 여협을 알고 있는 사람이 조금 전의 그 광경을 봤다면 어쩌겠어요?"

그 말에 전영의 뒤통수를 쏘아보고 있던 우란의 눈빛과 표정이 약간 누그러졌다.

"이제 당신은 혼자가 아니에요. 예전 같으면 실수를 당신 혼자나 신월창부가 감당하면 됐었지만, 지금은 그 피해가 반천루와 악 오라버님에게까지 미치게 돼요."

전영의 말은 구구절절 옳았다. 우란은 냉정하고 과묵한 성격이지만 시시비비를 가릴 줄 아는 사람이다. 그녀는 가볍게 그러나 정중하게 고개를 숙였다.

"미안합니다. 용서하십시오."

상전에게 대하는 깍듯한 예우다.

전영은 걸음을 멈추고 차분한 얼굴로 우란을 돌아보았다.

"하지만 조금 전에는 고마웠어요."

전영이 다시 걸음을 옮기자 우란은 그녀 뒤를 따르면서 입가에 엷은 미소를 떠올렸다.

'보기보다는 괜찮은 여자로군.'

전영과 우란이 집에 들어가자 태무악은 수피, 화군, 명건, 삼풍호개 등과 점심 식사를 하고 있는 중이었다.

누가 보더라도 단란한 가족이 식사를 하는 광경이었다.

전영은 수피가 마련해 준 태무악 오른쪽 의자에 앉아 식사를 시작했다.

마치 잠시 외출을 했다가 돌아와서 식사에 합류하는 듯한 자연스러운 모습이다.

수피가 삼풍호개 옆에 자리를 마련하고 한쪽에 우두커니 서 있는 우란을 불렀다.

"이리 와서 밥 먹어요."

그러나 우란은 꼿꼿하게 선 채 끄떡도 하지 않았다.

그러자 삼풍호개가 음식 찌꺼기를 입에서 튀기며 우란에게 한마디 던졌다.

"수피 아가씨의 말을 무시하다니, 우 낭자 간이 얼마나 큰지 모르겠구려."

그 말에 우란은 부지중 움찔하고 나서 가만히 수피를 살펴보는데 삼풍호개의 말이 이어졌다.

"지난번에 북경성 인근의 혼일방 수하 몇 놈이 수피 아가씨에게 찝쩍거렸다가 태 형이 혼일방을 멸문시켰던 일을 모르고 있는 모양이로군."

우란의 얼굴이 어두워졌다. 그녀는 몇 달 전에 혼일방이 원인 모를 멸문을 당했다는 소문을 들은 적이 있었다. 그런데 이제 보니 그것이 태무악의 솜씨였던 것이다.

그때 수피가 우란을 보면서 아름다운 미소를 지으며 다시 자리를 권했다.

"이리 와서 같이 밥 먹어요."

그러자 우란은 군말없이 조용히 자리에 앉아 젓가락을 집어
들었다. 무서운 것이 아니라 괜한 말썽을 피우지 않으려는 것
이다.

"오라버님, 소매 내일 떠나요."

전영이 식사를 하면서 조용히 말문을 열었다. 그녀는 처음
으로 태무악을 오라버님이라고 불렀다. 그러기 위해서는 대단
한 용기가 필요했다.

"그래. 누구와 함께 가느냐?"

전영은 묵묵히 식사를 하고 있는 우란을 바라보았다.

"우 여협이 이끄는 이십 명의 신월당(新月堂) 수하들을 데려
갈 생각이에요."

전영은 벽파도문 백 명을 벽파당, 신월창부 백 명을 신월당
으로 나누고, 벽파당주에는 단현림을, 신월당주에는 우무평을
임명했다.

그리고 각 당 아래 다섯 개의 조(組)를 나누되 그 재량권은
두 명의 당주에게 부여했다.

"루주, 속하는 달리 할 일이 있으니 다른 사람을 물색해 보
십시오."

그런데 뜻밖에도 우란이 젓가락을 내려놓으며 정중하게 거
부의 뜻을 밝혔다.

그러면서 그녀는 처음으로 전영을 루주라고 호칭했고, 자신

을 속하라고 낮추었다. 과연 그녀는 공과 사를 분명히 할 줄 아는 성격이다.

"무슨 일이죠?"

전영이 물었다. 이제는 자신의 수하이니까 수하가 무엇을 하려는지 알 권리가 있다.

우란은 꼿꼿한 자세로 태무악을 응시했다.

"상공에게 할 말과 해야 할 일이 있습니다."

태무악이 가볍게 고개를 끄덕였다.

"영아, 우란 대신 군악을 데려가거라."

전영은 사군악이 태무악의 의제라는 사실을 알고 있다. 그녀는 다소곳이 대답했다.

"그러겠어요."

"열 개의 반천루는 무엇보다 크고 화려하게 지어야 한다. 그러니 돈을 넉넉하게 갖고 가거라."

전영은 살포시 부드러운 미소를 지었다.

"천오백만 냥쯤 가져가려고 해요."

"그래라."

두 사람의 대화를 듣고 있는 우란의 눈매가 문득 가늘게 떨렸다.

은자 천오백만 냥을 요리 한 그릇 값처럼 아무렇지도 않게 말하는 것 때문에 놀란 것이다.

사실 그녀와 단현림, 우무평 등은 영정하 강변에 지은 성곽처럼 거대한 반천루를 짓고 있는 자금이 어디에서 조달되는 것인지 궁금했었다.

또한 그 정도 규모의 반천루를 아홉 개나 더 짓겠다고 하니 태무악이 과연 그만한 돈을 갖고 있기나 한지 의구심이 들기도 했었다.

그런데 정말 돈이 있었다. 우란은 태무악과 전영의 대화가 농담이라고 생각하지는 않았다.

그때 삼풍호개가 참견을 했다.

"영아, 금화를 천오백만 냥이나 가져가면 무거우니까 전표(錢票)로 바꿔가지 그러느냐?"

'금화?'

쨍!

물경 천오백만 냥이 은자가 아니라 금화라는 말에 우란은 너무 놀라서 쥐고 있던 물잔에 슬쩍 힘을 주는 바람에 산산이 깨지고 말았다.

그녀가 놀라든 말든 아랑곳하지 않고 대화는 이어졌다.

"그런 거액을 전표로 바꿔줄 만한 전장도 없을뿐더러, 실혹 있다고 해도 분명히 의심을 할 거예요. 그럼 그 사실은 곧장 천중신군의 귀에 들어가겠지요."

"그렇군. 쩝……."

“그러니까 조금 번거롭더라도 직접 갖고 다니는 편이 좋을 거예요.”

딸깍.

태무악이 젓가락을 내려놓으면서 우란을 쳐다보았다.

“내게 할 말이란 무엇이냐?”

금화 천오백만 냥은 우란을 오랫동안 놀라게 하지 못했다.

평소의 냉정을 되찾은 그녀는 말을 돌리지 않고 곧장 본론을 꺼냈다.

“아버님과 단 백부님께 반천루를 호위하는 한편 천존 반대 세력을 모으고 그들을 관리하는 일을 맡기셨지요?”

“그렇다.”

“그쪽 일에서 저를 빼주십시오.”

“무엇 때문이냐?”

우란은 태무악을 똑바로 주시했다. 그녀는 말을 할 때 상대를 주시하는 버릇이 있다.

“당신의 측근에서 함께 싸우고 싶습니다.”

그녀가 무엇 때문에 그런 요구를 하는지는 모르겠지만, 그것 때문에 전영을 호위하는 일에서 빼달라고 했던 것이다.

그러나 태무악은 일언지하에 거절했다.

“방해가 된다.”

태무악은 조철악, 사군악 세 명이 함께 행동한다. 그중에서 사군악의 무공이 가장 하위지만 자기 앞가림은 물론 실전에서 꽤 도움이 되고 있다.

태무악은 우란이 사군악보다 약할 것이라고 생각하기 때문에 거절한 것이다.

만약 그녀를 받아들이면 도움이 되기보다는 오히려 그녀를 보호하느라 방해가 될 것이다.

"아닙니다. 절대 방해가 되지 않겠습니다."

우란은 물러서지 않았다. 하지만 그것은 그녀의 의지일 뿐이지 현실은 그렇지 못했다.

"그만 해라."

태무악이 자르듯이 말했다. 그의 성격상 이 정도로 단호하면 다시는 돌이킬 수 없다.

그러나 우란은 물러서지 않았다. 그녀는 입술을 잘근 깨물고 뚫어지게 태무악을 쏘아보며 한 자씩 또박또박 말했다.

"도움이 될지 방해가 될지 함께 싸워보지도 않고 어떻게 압니까? 당신은 예언자입니까?"

그 말에 태무악은 얼른 대답할 말을 찾지 못했다. 말로만 하면 그녀가 맞기 때문이다.

태무악이 거절하는 이유는 그녀의 무공이 약해서 방해가 될 것이라는 보편적인 예상 때문이지 실제로 그녀를 경험해 봤기 때문이 아니다.

"제가 방해가 될 것이라는 판단은 어디에서 나온 것입니까? 당신이 사람을 평가하는 기준은 대체 무엇입니까?"

그 말에도 태무악은 대답을 못했다. 그는 아직 화술을 능숙하게 구사하지 못한다. 그래서 생각은 많으나 그것을 완벽하게 꺼내놓지 못하는 것이다.

"당신이 천중신군을 와해시키고 천존을 죽일 확률은 채 일 할도 되지 않습니다. 그것이 저를 비롯한 많은 사람들의 생각입니다."

우란은 자신의 목적을 관철시키기 위해서 아슬아슬한 외 줄타기 곡예를 하고 있다.

만약 그녀가 목적을 관철시키지 못한다면, 이후 그녀는 반천루에서 생활하기가 녹록하지 않을 것이다.

그러므로 어쩌면 그녀는 모험을 하고 있는지도 모른다. 이 것을 관철시키지 못하면 반천루를 떠나야 한다는 생각까지 하고 있을 것이다.

그녀는 내친김에 벼랑 끝까지 달려가기로 했다.

"그런데도 당신은 천존을 죽이려는 목적을 버리지 않고 계속 싸우고 있습니다. 그것은 제가 당신의 측근이 되려고 애쓰는 것과 무엇이 다릅니까?"

조금도 다르지 않다. 아니, 솔직히 말하면 태무악이 천존을 죽일 확률보다는 우란이 태무악에게 방해가 되지 않을 확률이 더 높다.

태무악은 자신이 내뱉은 말에 연연하여 일을 그르치는 사람이 아니다.

그는 우란의 말을 인정했다. 그리고 그것을 감추려고 하지 않았다.

그는 여태까지와는 다른 시선으로 우란을 쳐다보았다. 그리고 조금 전까지도 느끼지 못했던 그녀의 새로운 점을 발견했다.

그것은 그녀가 여러 부분에서 태무악 자신과 닮았다는 사실이다. 그 가운데 하나가 불굴의 의지다.

그것을 갖고 있는 사람이라면 최소한 방해가 되지 않을 것이고, 방해가 된다고 해도 인내할 가치가 있다. 미래에는 그보다 훨씬 나아질 테니까 말이다.

그는 가볍게 고개를 끄덕였다.

"너는 지금부터 내 곁에 있어라."

그러자 우란의 얼굴에 보일 듯 말 듯 안도와 기쁨의 기색이 떠올랐다가 곧 사라졌다. 그러나 그녀의 눈빛은 어느 때보다도 생기로 반짝이고 있었다.

우란은 수피와 전영을 한차례씩 보고 나서 건조한 음색으로 생뚱맞은 말을 꺼냈다.

"그럼 저도 당신을 오빠라고 부릅니까?"

그 말에 수피는 태무악의 어깨에 기대 있다가 삐끗 미끄러졌고, 전영은 물을 마시려다가 엎질렀다.

태무악은 대수롭지 않은 듯 고개를 끄덕였다.

"좋을 대로 해라."

우란의 눈빛이 조금 전보다 더 생기를 내뿜었다.

그녀는 태무악의 나이를 모른다. 겉보기에 그는 이십 세 초반으로 보인다.

하지만 그가 우란 자신보다 연하라고 해도 여동생이 되는 것은 나쁘지 않다.

왜 느닷없이 그를 오빠로 부르려는 생각을 한 것인지 그녀 자신도 이유를 모른다.

어쩌면 전영과 수피를 보고 약간 자극을 받았기 때문이었을 것이다.

우란은 꼿꼿한 자세로 가볍게 고개를 숙여 보였다.

"알겠습니다, 오라버님."

그녀의 말은 마치 군졸이 대장군에게 '오라버님' 이라고 부르는 것처럼 엄숙했고, 그래서 더욱 어색했다.

우란은 태연하게 앉아 있지만, 발가락 끝에서부터 빠른 속도로 무언가 스멀스멀 기어오르고 있는 것을 느꼈다.

닭살이었다.

第七十九章

동원(動員)

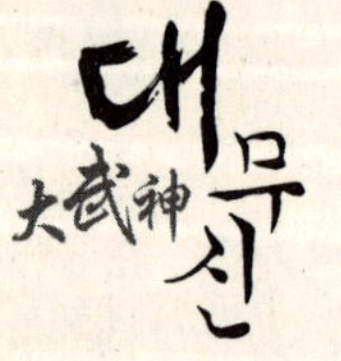

大武神
대무신

밤이 이슥해서야 조철악과 사군악이 집으로 돌아왔는데 두 사람의 꼴이 말이 아니었다.

어디에서 험한 중노동을 하고 왔는지 입고 있는 옷과 온몸이 시커먼 검댕이투성이고 옷은 여기저기 태워먹어 구멍이 숭숭 뚫렸다.

그들의 얘기를 들어보니 험한 꼴을 하고 돌아온 것이 이해가 됐다.

철기방에서 조철악의 도와 사군악의 무기를 만드는 데 닷새가 걸린다는 말을 듣고는, 그것을 기다리지 못해 주인을 닦달하여 조철악과 사군악이 직접 풀무질을 한다 담금질을 한다 법석을 떨면서 하루 종일 자신들의 무기를 만드느라 이 꼴이 됐다는 것이다.

그렇지만 두 사람의 표정은 매우 밝았다. 마치 어린아이가 오랫동안 갖고 싶었던 장난감을 손에 넣었을 때의 표정과 닮아 있었다.

두 사람의 어깨에는 나갈 때와는 달리 한 자루씩의 무기가 메어져 있었다.

그들은 몹시 자랑스러운 얼굴로 자신들의 무기를 뽑아 탁자에 내려놓았다.

조찰악의 도는 예전에 갖고 있던 도와 길이는 같지만 전체적인 크기는 조금 작아 보였다.

전체가 피처럼 붉은색인데, 그것은 금혈강철이 붉은색이기 때문이다.

조철악의 설명에 의하면 예전의 도보다 약간 작은데다 무게도 절반밖에 나가지 않는다고 한다.

그런데도 도의 강도(强度)는 보통 강철을 수수깡처럼 자를 정도이니 앞으로 그 도를 사용하면 조철악의 무위가 한층 더 빛을 발할 것이 분명하다.

사군악의 무기는 기이하게 생긴 형태다. 일반적인 검보다 손마디 하나 정도 더 넓고, 길이는 넉 자에 이르렀다.

그런데다 한쪽은 칼날인 데 비해서 반대쪽은 상어 이빨처럼 생긴 날카로운 톱날이다.

그뿐만이 아니다. 바늘처럼 날카로운 검첨의 가운데가 한 뼘 정도 길이로 갈라져 있었다. 말하자면 검첨이 두 개라는 얘기다.

또한 검신 중간에 다섯 치 간격으로 띄엄띄엄 다섯 개의 반월 모양의 구멍이 숭숭 뚫려 있는 모습이 이채로웠다.

그 무기를 굳이 설명하자면 검이라고 할 수 있는데, 역시 피처럼 붉은데다 기이한 모양이라서 보는 것만으로도 섬뜩한 느낌을 주었다.

태무악은 두 사람이 늦은 저녁 식사를 마치기를 기다렸다가 사군악에게 전영을 가리키며 말했다.

"군악아, 너는 지금부터 영아를 호위하여 어딜 좀 다녀와야겠다."

"알았다."

사군악은 어딜 가며 얼마나 걸리고 또 무슨 일이냐고 묻지도 않고 선선히 대답했다.

태무악이 한 팔로 옆에 앉은 전영의 어깨를 부드럽게 안으며 당부했다.

"영아는 반천루주이기 전에 우리의 여동생이다. 네가 오빠로서 잘 보호해야 한다."

태무악은 사군악이 가볍게 고개를 끄덕이는 것을 보고 말을 이었다.

"그리고 영아가 하는 말에 무조건 따르도록 해라."

"그래."

전영은 침착하고 총명하다. 또한 경험이 풍부하고 이지적이라서 사군악에게 세상물정을 가르쳐 줄 스승으로는 더할 나위 없이 적합하다.

그런 이유 때문에 태무악은 굳이 사군악을 전영에게 딸려 보내려는 것이었다.

아니, 꼭 그 이유 때문만은 아니다. 사군악은 어떠한 환경, 어떤 위험에서도 기필코 살아남는 능력이 있으므로 그가 전영을 호위하면 안심이 된다는 이유도 있다.

"가라."

사군악이 돌아오기만을 기다리고 있던 전영의 머리카락을 쓰다듬으면서 태무악이 말했다.

전영은 잠시 태무악을 응시하다가 말없이 그의 가슴에 안겼고, 태무악은 그녀를 부드럽게 안았다가 떼어놓았다.

"잘 다녀와, 영 언니."

수피가 태무악 옆에서 전영의 손을 잡으며 아름다운 미소를 지었다.

"그래. 오라버님 잘 부탁해."

전영은 손을 뻗어 수피의 뺨을 어루만진 후 일어나 마당으로 내려갔다.

전영과 사군악은 마당에 나란히 섰다가 전영이 태무악과 조철악을 향해 공손히 허리를 굽혔다.

"두 분 오라버님, 다녀올 동안 보중하세요."

"오냐! 너도 잘 다녀오너라!"

또 한 명의 어여쁜 여동생이 생긴 조철악은 마냥 좋아서 허허거리며 손을 흔들었다.

전영은 뻣뻣하게 서 있는 사군악을 보며 주의를 주었다.

"셋째 오라버님, 두 분 오라버님께 작별 인사를 하세요."

사군악은 꼿꼿하게 선 채 중얼거렸다.

"다녀올게."

"다시 하세요. 이번에는 허리를 굽히고 존어를 사용하되 공손하게 말씀하세요."

출발하기도 전에 전영의 강력한 교육이 시작됐다.

사군악은 눈살을 찌푸리며 전영을 쳐다봤지만 그녀는 끄떡도 하지 않았다.

"두 분은 셋째 오라버님의 윗분이에요. 그러므로 예절을 갖추는 것은 당연해요. 사람 사는 세상에서 예절을 갖추지 않는 것은 무뢰배나 짐승들뿐이에요."

그 말에 사군악의 표정이 풀어졌다. 그는 몰라서 안 하는 것이지 알고도 어깃장을 놓는 것이 아니다.

　그는 막대기처럼 뻣뻣한 자세로 허리를 굽히려고 애쓰면서
존대를 하기 위해서는 더욱 애를 썼다.

　"두 명 형님, 다녀올 테니 잘 있으시오."

　"푸핫핫핫! 오냐! 잘 다녀오너라, 셋째야!"

　전영이나 사군악의 하는 짓이 마냥 기특하고 예쁜 조철악은
너털웃음으로 두 사람을 배웅했다.

　어쩐 일인지 삼풍호개가 아까부터 굳은 표정으로 좋아하는
술도 마시지 않은 채 약간 고개를 숙인 자세로 깊은 생각에 잠
겨 있었다.

　그렇다고 이 자리에 있는 사람들 중에서 왜 그러느냐고 물
어볼 사람은 아무도 없다.

　태무악이나 조철악, 우란은 과묵함과 남의 일에 간섭하지
않기로는 타의 추종을 불허하는 사람들이다.

　그때 삼풍호개가 고개를 들더니 결연한 표정으로 술잔을 들
어 단숨에 비우고 나서 태무악을 쳐다보았다.

　"태 형."

　목소리가 평소답지 않게 착 가라앉았다.

　태무악이 말하라는 듯 쳐다보자 삼풍호개는 약간 뜸을 들이
다가 결국 어렵게 입을 열었다.

“태 형이 사부님을 만나주면 안 되겠나?”

“개방 방주를 말인가?”

“그래.”

삼풍호개가 자신의 사부인 개방 방주를 만나달라고 할 줄은 조금도 예상하지 못한 일이다.

“무슨 일이 있느냐?”

태무악의 물음에 삼풍호개는 착잡한 표정으로 대답했다.

“사부님이 사면초가에 처했네.”

이어서 그는 현재 자신의 사부와 개방이 처한 형편에 대해서 설명했다.

그의 말에 의하면, 태상삼사자 중에 백호사자가 구파일방에게 동원령을 내렸다고 한다.

동원령이라는 것은 예전에는 한 번도 없었는데, 구파일방에서 정예고수 삼백 명씩을 선발하여 백호고수에게 보내고, 이후 필요에 따라서는 구파일방을 자신의 수족처럼 마음대로 부리겠다는 뜻이다.

여태까지 구파일방은 암묵적으로 천존에게 도움을 줘왔었고 그의 요구에 한 번도 반발하지 않고 잘 따라주었었다.

그러나 그것은 어디까지나 천존이 무림의 수호자(守護者) 역할을 하고 있기 때문에 그것에 도움을 준다는 차원이지 구파일방이 천존의 수하라는 뜻은 아니었다.

구파일방의 행동이나 처신이 무림에 어떻게 비춰졌는지는 모르지만, 구파일방은 장구한 역사로나 하늘을 찌르는 자긍심으로나 천존의 조력자는 될지언정 수하 노릇을 하고 싶지는 않은 것이다.

그런데 이번의 백호사자의 요구는, 아니, 명령은 구파일방에게 수하가 되라고 굴종을 강요하는 것이다.

그것 때문에 구파일방 전체가 초긴장 상태에 돌입했다.

백호사자의 명령은 천존의 명령이나 다름이 없다. 태상삼사자는 천존의 대리인이기 때문이다.

아마도 궁극적으로는 구파일방 모두 백호사자의 명령에 따르게 될 것이다.

천존은 당금 무림에서 유일무이하게 무소불위한 절대적 존재이기 때문이다.

그를 거역한다는 것은 있을 수도 없는 일이다. 만약 구파일방 중에 백호사자의 명령을 거부하는 문파가 있다면 십중팔구 그에 상응하는 대가를 치러야만 할 것이다.

그 경우에 대가는 아마도 봉문 혹은 심하면 멸문까지 당할지도 모른다.

그것 때문에 개방 방주 철장신개가 진퇴유곡의 곤경에 빠져 있는 것이다.

삼풍호개의 말에 의하면, 백호사자의 명령에 대해서 아직 구파일방의 정확한 확답이 없는 듯했다.

구파일방 정도의 쟁쟁한 문파가 어찌 선뜻 머리를 숙여 천존의 수하로 들어가겠는가.

그런 상황이면서도 또한 구파일방은 서로 긴밀한 접촉을 나누거나 하다못해 서신을 통해서 의논하는 일조차 없다고 한다.

어쩌면 그러다가 천존의 이목에 걸려서 치도곤을 당하거나 아니면 자파의 자존심 때문에 먼저 말을 꺼내지 못하는 것일 수도 있다.

설혹 구파일방의 장문인과 방주가 모두 한자리에 모여서 의논을 한다고 해도 별 뾰족한 방법은 없다.

또한 만에 하나 우여곡절 끝에 천존의 명령에 거역하자고 의견 일치를 보았다고 해도 방법이 없기는 마찬가지다.

구파일방이 모두 연합을 해봐야 천존 세력에 비하면 월광과 반딧불이니까 말이다.

그래서 구파일방은 지금 각자 벙어리 냉가슴을 앓고 있다는 것이다.

그렇지만 그들은 결국 백호사자의 명령에 따를 수밖에 없을 것이다. 대안이 없기 때문이다.

천존은 분명히 옳은 일을 하고 있다는 대의명분이 있고, 구파일방에겐 그것을 거역할 명분도 힘도 없는 것이다.

"자네 사부가 날 만나자고 하던가?"

설명을 다 듣고 난 태무악이 물었다. 그는 여태껏 삼풍호개를 너라고 부르다가 지금 처음으로 자네라고 불렀다.

그렇지만 정신이 온통 딴 데 가 있는 삼풍호개는 거기까지 신경을 쓰지 못했다.

삼풍호개는 힘없이 고개를 가로저었다.

"아닐세. 내가 그냥 추진하는 걸세. 사부님과 자네가 만나면 뭔가 해결책이 나오지 않을까 해서……."

그는 말끝을 흐렸다.

"내가 어떻게 하면 되지?"

삼풍호개는 복잡한 표정으로 태무악을 바라보았다. 태무악의 성격을 잘 알고 있는 그로서는 이것은 위험하기 짝이 없는 도박이다.

필경 태무악은 철장신개의 사정 같은 것은 봐주지 않고 거세게 몰아붙이고 이것이든 저것이든 아예 끝장을 보려고 할 것이다.

태무악은 아까부터 삼풍호개로부터 북경성의 천존 세력에 대해서 설명을 들으려고 했으나 그가 입을 굳게 다물고 있는 바람에 뜻을 이루지 못했었다. 그런데 이제 보니 그만한 사정이 있었던 것이다.

"알았다."

이윽고 태무악은 삼풍호개의 제의를 수락했다. 만약 어제 반천루에서 우란의 고언(苦言)을 듣고 깨달은 바가 없었다면 개방 방주를 만나는 일 따윈 일고의 가치도 없이 거절했을 것이다.

'개방이라면 쓸모가 많을 것이다.'

하지만 지금은 태무악 나름대로 용병용인(用兵用人)의 묘를 조금씩 터득하기 시작했다.

"언제 만나지?"

"지금 가세."

삼풍호개는 서둘러 일어섰다.

태무악과 조철악, 우란이 집을 나서자 대문까지 따라 나온 수피가 마치 외출하는 남편에게 하듯 방그레 미소를 지으면서 손을 흔들었다.

"잘 다녀오세요, 나리."

개방 방주와의 약속 장소는 사람들의 이목 때문에 북경성 밖 한적한 곳으로 정했다.

북경성 외성(外城) 둘레에는 제법 폭이 넓은 해자(垓字)가 흐르고 있으며, 그것들은 모두 서쪽으로 십여 리쯤 떨어져 있는 영정하에서 운하를 만들어 끌어왔다.

북경성 서쪽의 해자가 영정하와 이어지는 운하를 따라 숲 사이를 오 리쯤 가다 보면 백운관(白雲觀)이라는 자그마한 마을이 나온다.

마을이 우거진 송림 속에 위치해 있기 때문에 밖에서는 얼른 눈에 띄지 않았다.

그곳 백운관의 하나밖에 없는 허름한 주루에서 태무악과 개방 방주 철장신개가 만나기로 했다.

태무악 일행은 한 명의 거지를 앞세우고 우거진 송림 속을 걸어가고 있는 중이었다.

그 거지는 삼풍호개의 명령을 받고 태무악 일행을 백운관의 주루로 안내하기 위해서 왔다.

그런데 그 거지는 바로 봉걸이다. 즉, 전영의 친동생인 전학인 것이다.

봉걸의 걸음걸이는 씩씩했다. 비록 남루한 거지 옷을 입었으나 키가 훤칠하고 준수한 용모라서 성큼성큼 걷는 걸음걸이가 한층 시원시원해 보였다.

태무악은 아직 모르고 있지만, 사실 봉걸은 며칠 전에 승급을 했다.

여태까지는 개방의 최말단인 백의개(白衣丐)였으나, 지금은 옷을 한 조각 기워서 입은 일결제자(一結弟子)가 된 것이다.

개방에서 일결제자면 심부름이나 하는 허드렛일에서 벗어나 제법 일다운 일을 하게 된다.

봉걸의 사부는 일개 향주이며 휘하에 열다섯 명의 제자를 두고 있다.

그런데 봉걸은 이제 열다섯 명 중에서 서열 오위가 된 것이다. 그러니 어찌 의기양양하지 않겠는가.

"이 아이가 영아의 남동생입니다."

태무악이 앞서 가는 봉걸을 턱으로 가리키며 옆에서 걷고 있는 조철악에게 설명했다.

"오… 그래?"

조철악은 새삼스럽다는 표정을 지었다가 곧 보기 싫게 얼굴을 찌푸렸다.

"그렇다면 얼른 데리고 와야지 어째서 냄새 나는 거지꼴을 하게 놔두는 것이냐?"

태무악은 봉걸의 뒤통수에 대고 말했다.

"들었느냐, 학아?"

봉걸은 걸음을 멈추고 뒤돌아서서 공손히 대답했다.

"그래도 저는 지금 하고 있는 일이 좋습니다."

"누나와 함께 생활하면 죽을 때까지 떵떵거리며 호의호식할 텐데도 말이냐?"

조철악이 눈살을 찌푸리며 말했다.

"하하! 죽으면 썩어질 몸인데 호의호식이 무에 대숩니까? 그보다는 사내대장부라면 하고 싶은 일을 해야지요!"

뜻밖에도 봉걸은 주관이 뚜렷했다.

"그래, 네 꿈이 뭐냐?"

태무악의 물음에 봉걸은 부끄러운 듯 얼굴을 붉혔다.

"흉보지 마십시오."

"알았다."

"제 꿈은… 개방 방주가 되는 것입니다. 그래서 그 어느 때보다도 강성한 개방을 이룩하고 싶습니다."

보기보다는 실로 당찬 포부다. 개방 방주가 되고 싶다는 말에 태무악과 조철악은 봉걸을 자신들 쪽으로 데려오려던 마음이 쑥 들어가 버렸다.

다시 걸음을 옮겨 숲길을 가고 있을 때, 태무악은 문득 자신의 왼쪽에서 묵묵히 걷고 있는 우란의 어깨에 메어 있는 활을 발견했다.

"란아, 활 한번 쏴보겠느냐?"

우란은 놀라지도 않고 오히려 기다렸다는 듯이 어깨에 멘 활을 벗겨 화살 하나를 메겼다.

태무악이 자세히 보니 보통 활보다 절반쯤 더 컸고 게다가 재질이 나무가 아닌 무슨 뼈 같은 것이었다. 그리고 화살 역시 나무가 아닌 쇠로 만들어져 있었다.

쓰우우.

우란이 별로 힘을 들이는 것 같지도 않게 시위를 잡아당기

자 활대가 서로 마주 닿을 듯이 잔뜩 굽었다.

투앙!

순간 우란이 시위를 놓자 마치 작은북을 짧게 두드린 듯한 강한 음향이 터지며 화살이 쏘아나갔다.

아니, 쏘아나갔다고 여긴 순간 화살은 어느새 오륙 장 전면의 허공을 가르고 있었다.

속도는 보통 화살보다 서너 배 이상 빨랐다.

더구나 우란이 쏜 화살은 곧장 일직선으로 쏘아갔다. 보통 화살은 표적보다 위를 겨냥하여 쏘고, 화살이 포물선을 그으며 날아가 표적에 명중된다. 그런 점에서 우란의 화살은 힘이 넘쳤다.

퍽!

일직선으로 날아간 화살이 우란으로부터 삼십여 장 거리에 서 있는 한 그루 아름드리 소나무의 사람 머리 높이 한복판에 적중했다.

퍽! 퍽!

그게 아니다. 화살은 소나무를 그대로 뚫고 나가서 그 뒤에 있는 소나무에 꽂혔으며, 또 그것을 뚫고 세 번째 소나무에 박혔다.

삼십 장 먼 거리의 아름드리 소나무를 두 개씩이나 관통하고 세 번째 소나무도 화살이 절반가량 꽂혔다는 것은 실로 놀라운 일이다.

　강철 화살 때문이기도 하지만, 더 큰 이유는 우란이 신력(神力)을 지녔기 때문이다.

　그녀는 한 발을 발사하고 나서 활을 다시 어깨에 메고 우뚝 서 있었다.

　태무악은 가타부타 아무 말 없이 다시 걸음을 옮겼다.

　그로부터 반 다경 후에 태무악 일행은 백운관에 도착했다.

　태무악 일행이 들어간 주루는 주루라고 부르기도 무안한 수준의 허름하기 짝이 없는 곳이었다.

　다 깨져서 금방이라도 주저앉을 듯한 네 개의 탁자가 놓여 있고, 점소이도 없이 늙은 주인 내외가 소꿉장난처럼 운영하고 있었다.

　하루에 한 번 손님이 있을까 말까 한 곳에 오늘 밤 태무악 일행이 첫 손님으로 들어갔다.

　붙임성 좋은 봉걸이 주인 내외에게 몇 가지 요리와 술을 주문하고 돌아와 태무악 옆에 호위무사처럼 우뚝 섰다.

　"앉아라."

　태무악이 조철악 옆자리를 턱으로 가리키자 봉걸은 펄쩍 뛰며 손사래를 쳤다.

　"큰일 날 말씀을! 개방의 사결제자 아래로는 절대 주루나 기루에 앉을 수 없습니다!"

그의 충직함이 마음에 든 태무악은 더 이상 권하지 않았다.

잠시 후에 주문한 요리와 술이 왔다. 예상했던 대로 요리는 형편없고 술은 값싸고 독한 화주(火酒)다.

그래도 세 사람은 군말없이 묵묵히 술을 마시고 요리를 먹으면서 삼풍호개와 철장신개가 오기를 기다렸다.

태무악은 입 안을 온통 태워 버릴 것 같은 독한 화주를 아무렇지도 않게 마시면서 문득 어두운 창밖을 바라보았다.

지금 이 순간은 이상하게도 천존이나 천중신군, 반천루 같은 일들이 머릿속에 조금도 떠오르지 않았다.

그저 마음이 차분하고 고즈넉한 기분이 들 뿐이다. 자신이 부모의 원수를 갚으려고 천중신군을 깨부수고 천존을 죽여야 하는 막중한 사명이 있다는 사실도, 이곳에 개방 방주 철장신개를 만나러 왔다는 사실도 지금 그의 머릿속에서는 큰 비중을 차지하지 못했다.

그저 달밤에 송림 속의 어느 한적한 마을로 산책이라도 나온 듯한 호젓하고 여유로운 마음이었다.

'이런 기분은 뭔가?'

처음 맛보는 그런 느낌이 이상하면서도 나쁘지 않았다. 아니, 나쁘기는커녕 오히려 몹시 추운 날에 따뜻한 이불 속에 누워 있는 것처럼 아늑한 기분이었다.

그리고 태무악은 오래지 않아서 어째서 그런 기분이 들었는지 원인을 알 수 있을 듯했다.

아마도 집에 돌아왔기 때문일 것이다. 어젯밤에 한 달여 만에 집에 돌아와서 수피와 상금네 가족과 훈훈한 상봉을 하고, 이어서 그들과 진짜 가족이 되기까지 했었다.

거기까지 생각한 태무악은 한 가지 사실을 깨달았다.

'나는 변했다.'

그는 더 이상 무간백구호가 아니다. 무간옥에서 배운 무공들은 고스란히 지니고 있으나 그곳에서 형성된 성격은 많이 변한 것이다.

그렇기 때문에 상금네를 가족으로 받아들였고, 전영과 우란까지도 여동생으로 인정할 수 있었다.

그리고 그로 인해 지금처럼 마음의 안정과 훈훈함을 느끼게 된 것이다.

그즈음 약속한 시각 술시(술시:밤 8시)에서 일각 정도 지나고 있었고 요리와 술이 다 떨어져 갔다.

탁!

"어린 거지 목소리다."

그때 조철악이 입속에 박고 있던 술병을 바닥에 내려놓으면서 전음으로 중얼거렸다. 어린 거지란 삼풍호개를 가리키는 것이다.

　태무악은 조철악보다 한 호흡 늦게 삼풍호개의 목소리를 감
지했다. 삼풍호개가 누군가에게 항의하고 있는 중이었다.
　다음 순간 조철악과 태무악이 재빨리 주루 밖으로 쏘아나가
고, 우란은 탁자에 은자 한 냥을 놓고 뒤를 따랐다.

第八十章
밀회(密會)

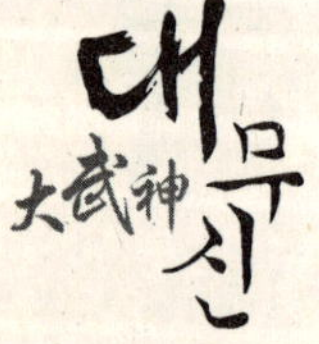

"귀하는 누군데 우릴 미행하는 것이오?"

삼풍호개가 전면 이 장 거리에 우뚝 서 있는 한 명의 백의경
장인을 쏘아보며 딱딱하게 물었다.

백의경장인은 오른쪽 어깨에 한 자루 검을 멘 삼십대 중반
정도의 나이에 부리부리한 눈과 매부리코, 약간 돌출된 턱을
지닌 강인한 인상이며, 한눈에도 일류고수라는 사실을 짐작할
수 있었다.

"나는 백호칠령(白虎七令)이오."

뜻밖에도 백의경장인은 신분을 감추지 않았다.

그러나 굳이 대답을 듣지 않더라도 삼풍호개와 철장신개는 백의경장인을 보는 순간 그의 신분을 짐작하고 있었다.

왼쪽 가슴에 도약하는 자세의 백호가 수놓아진 깨끗한 백의를 입고 있다면 두말할 것도 없이 백호전령인 것이다. 다만 백호 몇 령인지만 모를 뿐이다.

백호전령이 변장을 하지 않는 것은 그만큼 매사에 자신이 있다는 뜻일 것이다.

하기야, 위로 백호십위와 백호사자 열한 명밖에 없는 백호전령쯤 되면 무엇이 두렵겠는가.

삼풍호개 옆에 서 있는 철장신개는 완고한 표정으로 백호칠령을 주시할 뿐 입을 굳게 다물고 있었다.

구태여 묻지 않아도 그가 무엇 때문에 자신의 주변을 맴돌고 있는지 짐작할 수 있기 때문이다.

백호사자가 구파일방에 내린 동원령 때문일 것이다. 그래서 백호칠령은 구파일방이 혹시 다른 짓을 하지 않을까 감시를 하는 것일 게다.

그렇다면 다른 구대문파도 백호고수들이 감시를 하고 있다는 뜻이다.

철장신개는 설마 자신이 감시를 당하고 있을 줄은 예상하지 못했었다.

그런 줄 알았다면 철없는 제자를 따라서 밤중에 북경성을 벗어나지도 않았을 것이다. 백호사자에게 괜한 의심을 살 필요가 없기 때문이다.

철장신개는 제자를 따라나선 것을 내심 후회했으나 이미 엎질러진 물이다.

지금은 어떻게 해서 이 곤경에서 벗어나느냐가 더 중요한 일이다.

"방주께선 지금 어딜 가시는 길이오?"

이번에는 백호칠령이 철장신개에게 물었다.

그러자 삼풍호개가 노골적으로 불쾌한 표정을 지으며 대신 대답했다.

"내가 사부님에게 말씀드릴 것이 있어서 산책을 나오자고 했소. 그게 뭐 잘못됐소?"

그러나 백호칠령은 삼풍호개를 무시하고 철장신개를 주시하며 묵묵히 대답을 기다렸다.

철장신개는 굳은 얼굴로 고개를 끄덕였다.

"이 아이의 말이 맞소. 백호사자의 동원령 때문에 제자와 상의할 것이 있어서 좀 걷자고 했소."

변명치고는 궁색했다. 북경성 내에도 산책을 할 만한 곳이 많고 개방 총타 근처의 송림과 이곳은 별반 다를 것이 없는데 구태여 여기까지 산책을 나왔다는 것은 설득력이 없다.

역시 백호칠령은 표정의 변화가 없다. 철장신개의 말을 믿지 않는 것이 분명했다.

"돌아가시오."

그리고는 개방 총타로 귀환하라고 말했다. 그것은 명령에 가까웠다.

백호칠령과 왈가왈부하기 싫고 구태여 의심받을 행동을 하고 싶지 않은 철장신개는 고개를 끄덕였다.

"알겠소."

삼풍호개는 백운관 주루에서 기다리고 있을 태무악을 생각하며 초조했으나 지금 상황에서는 어쩔 수가 없었다.

오히려 자칫 서툰 행동을 했다가는 자신들은 물론 태무악에게도 큰 피해를 끼칠 수 있기 때문이다.

삼풍호개와 철장신개는 발길을 돌려 왔던 길로 걸어가기 시작했다.

휘익!

뒤쪽에서 백호칠령이 사라지는 흐릿한 기척이 들렸으나 두 사람은 뒤돌아보지 않았다.

그리고 두 사람은 한동안 아무 말도 하지 않고 묵묵히 걷기만 했다.

삼풍호개는 어떻게 해서든 사부와 태무악을 만나게 하려고 이리저리 꼼수를 생각하는 중이었다.

그리고 철장신개는 백호사자의 동원령 때문에 마음이 답답하고 무거워서 만사가 귀찮았다.

그는 천존이나 천중신군, 태상삼사자에 대해서 무림인들이 모르고 있는 것들을 많이 알고 있었다.

하지만 알고 있어봐야 아무짝에도 쓸모가 없다. 그런 비밀을 활용할 능력과 기회가 없기 때문이다.

도움이 되지도 못할 사람에게 그런 비밀들을 발설했다가는 오히려 화를 불러들이는 결과를 초래하고 말 것이다.

더구나 지금처럼 감시를 당하고 있는 상황에서는 보이지 않는 철장 안에 갇혀 있는 것이나 마찬가지라서 아무것도 할 수가 없다.

그때 삼풍호개의 표정이 환하게 밝아졌다. 그러더니 걸음을 멈추고 철장신개에게 나직이 속삭였다.

"사부님, 백운관으로 다시 가시죠."

이런 일을 계획한 제자를 꾸짖지 않고 속으로 참고 있던 철장신개는 삼풍호개의 말에 결국 역정을 내고 말았다.

"쓸데없는 소릴랑 하지 말고 어서 가자."

"사부님, 제 친구가 백호칠령과 그 수하들을 다른 곳으로 유인했다고 방금 전음이 왔습니다."

"뭣이라?"

"그리고 그들을 죽이면 우리가 곤란해질까 봐 죽이지는 않겠다고도 말했습니다."

“누가 누굴 죽여?”

철장신개는 역정에 어이없는 표정까지 겹쳐서 떠올렸다.

“해해! 일단 가보시면 다 아시게 될 겁니다.”

삼풍호개는 철장신개의 팔을 잡고 백운관 쪽으로 이끌면서 웃음으로 눙쳤다.

“인석이?”

철장신개는 끌리듯 따라가면서 주위를 두리번거렸다. 백호칠령이 보고 있을까 봐 염려가 되는 것이다.

그는 안심이 되지 않아서 입을 삼풍호개의 귀에 대고 속삭이는 목소리로 물었다.

“정말 네 친구가 백호칠령과 수하들을 다른 곳으로 유인했다는 것이냐?”

삼풍호개는 사부의 그런 모습이 우스워 참지 못하고 풋! 하고 웃음을 터뜨린 후 대답했다.

“제 친구는 백호칠령 정도를 삼 초식 안에 제압할 만한 실력이니까 믿으셔도 돼요.”

그런데 그 말은 ‘친구가 백호칠령을 다른 곳으로 유인했다’라는 말보다 더 믿기가 어려웠다.

철장신개 자신이라고 해도 백호칠령과 평수를 이루거나 기껏해야 반 수 정도 고강할 텐데, 어찌 삼풍호개의 친구가 백호칠령을 삼 초식 만에 제압할 수 있단 말인가.

"어쨌든 제 친구를 만나보시면 알게 될 겁니다."

삼풍호개는 사부가 따라오든 말든 알아서 하라는 듯 손을 놓고는 앞서 빠른 걸음으로 걸어갔다.

철장신개는 복잡한 표정으로 제자의 뒷모습을 잠시 응시하다가 마지못해서 걸음을 옮겼다.

차륵!

철장신개는 제자가 걷어주는 주렴 사이로 걸어 들어갔다.

회계대에 앉아서 졸고 있던 주름투성이 늙은 주인이 두 사람을 맞이하려고 부스스 일어섰다.

철장신개는 실내 양쪽 벽에 걸려 있는 두 개의 유등이 흐릿하게 빛을 발하고 있는 주루의 한곳으로 시선을 던졌다.

주루 안에는 창가 자리에 나란히 앉아 있는 두 사람뿐인지라 자연히 시선이 그곳으로 향했다.

물론 주루에 있는 두 사람은 태무악과 우란이고, 입구 쪽을 등지고 앉아 있기 때문에 철장신개는 아직 그들의 얼굴을 보지 못했다.

사람이 들어오는 기척이 났는데도 태무악과 우란은 뒤돌아보지 않았다.

태무악은 편안한 자세로 느긋하게 술을 마시고, 우란은 꼿꼿하게 앉아 있었다.

태무악의 잔이 비어도 그녀는 술을 따르지 않았다. 그녀는 아버지에게도 술을 따른 적이 없다.

삼풍호개가 말없이 태무악 쪽을 가리키며 철장신개에게 그리 가자는 시늉을 해 보이고는 먼저 걸음을 옮겼다.

"태 형, 사부님께서 오셨네."

삼풍호개가 태무악 옆에 서서 조용히 말하자 그와 우란이 천천히 일어나서 철장신개 쪽으로 몸을 돌렸다.

여전히 심기가 편하지 않은 철장신개는 제자의 친구 따위가 무슨 도움이 되겠는가 하는 생각을 버리지 않고 있었다.

그래서 여기까지 따라온 것이 조금 후회되기 시작하여 제자의 친구라는 놈의 얼굴이나 보고 얼른 돌아가야겠다고 생각했다.

제자의 친구는 얼핏 봐도 매우 준수한 용모인 듯했다. 그런데 어찌 된 일인지 친구의 사부를 마주 대하고도 인사는커녕 고개를 꼿꼿하게 세우고 있지 않은가.

그렇지 않아도 심기가 불편한 철장신개는 속으로 끙! 하고 신음을 흘리며 반백의 짙은 눈썹을 찌푸렸다.

삼풍호개는 그런 사부를 보면서 곧 벌어질 일을 짐작하고 엷은 미소를 지었다.

지금은 태무악이 유등을 등지고 있어서 얼굴이 어둡기 때문에 사부가 그를 알아보지 못한 것이라고 여긴 것이다.

"앉으시오."

태무악이 맞은편 자리를 가리키며 먼저 의자에 앉았다.

'이런 건방진!'

발끈하는 철장신개를 삼풍호개가 자리로 잡아끌었다.

"일단 앉으세요, 사부님."

철장신개는 제자의 친구든 뭐든 일단 꾸짖을 건 꾸짖고 넘어가야겠다고 마음먹고 자리에 앉았다.

이어서 근엄한 표정을 지으면서 태무악을 보며 목소리를 낮게 깔았다.

"존장을 보면 예의를……."

그러나 그는 중간에서 말을 흐렸다. 유등 불빛 아래 드러난 태무악의 얼굴을 비로소 발견한 것이다.

철장신개의 뇌리에 수천 번도 더 본 대천색령의 표적인 신풍혈수의 전신 그림이 생생하게 떠올랐고, 그의 망막에는 태무악의 얼굴이 새겨졌다.

삼풍호개는 흥미진진한 표정으로 사부의 옆얼굴을 빤히 쳐다보았다.

"귀하……."

철장신개는 자신의 얼굴에 극도의 놀라움이 떠올랐다는 사실조차도 인식하지 못한 채 손을 들어 태무악을 가리키며 의미없는 중얼거림을 흘렸다.

태무악의 입술이 약간 벌어지며 메마른 목소리가 나직이 흘러나왔다.

"내 이름은 태무악이고 풍 형의 친구요."

철장신개는 자신이 혹시 잘못 본 것이 아닌지 싶어 몇 번이고 눈을 껌뻑이면서 다시 봤지만 틀림없는 신풍혈수였다.

그래도 세상에는 닮은 사람이 많은 터라 눈앞의 청년이 신풍혈수라고 덥석 믿을 수가 없었다. 더구나 신풍혈수가 제자의 친구일 리가 없지 않은가.

"풍아, 네 친구가 누굴 닮았다고 생각하지 않느냐?"

철장신개는 태무악 얼굴에 시선을 고정시킨 채 가라앉은 목소리로 물었다.

삼풍호개는 히죽 웃으며 짐짓 평소에도 하지 않던 공손을 떨면서 대답했다.

"네, 사부님. 대천색령의 표적인 신풍혈수를 많이 닮았지요?"

"그래. 내 말이 바로 그것이다."

철장신개는 턱을 쓰다듬으면서 태무악을 요모조모 뜯어보며 감탄을 금치 못했다.

"허어…… 어찌 닮아도 이렇게 빼다 박았누? 영락없는 신풍혈수일세그려."

원래 천성이 짓궂은 삼풍호개는 지금 그런 상황이 아닌데도 은근히 사부를 골려주고 싶었다.

"사부님, 우리 이 친구를 잡아다가 신풍혈수라고 속이고 천중신군에게 넘길까요?"

"뭐야?"

"혹시 압니까? 그 보상으로 주작사자가 본 방에 할당한 금화 백만 냥을 감해줄지도 모르잖습니까?"

꿍!

"익!"

"인석아, 그래도 어찌 멀쩡한 사람을 신풍혈수로 둔갑시켜서 갖다 바칠 수가 있느냐?"

철장신개는 삼풍호개의 머리를 주먹으로 호되게 쥐어박으며 꾸짖었다.

장난을 치려다가 외려 꿀밤을 맞은 삼풍호개는 눈물을 찔끔 흘리며 이쯤에서 털어놔야겠다고 생각했다.

"사부님, 사실 이 친구가 바로 신풍혈수입니다."

"어허! 인석이 그래도 정신을 못 차리고!"

철장신개가 이번에는 오른손에 쥐고 있는 철장을 번쩍 들어올렸다.

삼풍호개는 두 팔을 들어 급히 막으면서 항의했다.

"정말이라니까요?"

"끼놈! 맞아야 정신을 차리겠구나!"

휘잉!

삼풍호개는 사부가 자신의 머리를 향해 곧장 철장을 휘두르자 다급히 태무악에게 외쳤다.

"으악! 태 형! 자넨 내가 사부에게 맞아 죽는 꼴을 보고만 있을 셈인가?"

철장은 이미 삼풍호개의 머리 위 한 자 거리에서 쇄도하여 무지막지하게 짓쳐 내리고 있었다.

빠르기도 빠를 뿐 아니라 천 근 이상의 무게가 실려 있다. 그러나 물론 철장신개가 전력을 다한 것은 아니다.

평소에 삼풍호개는 걸핏하면 사부의 철장에 머리든 어깨든 두들겨 맞는다.

물론 사부는 철장으로 공격을 하다가 마지막 삼풍호개의 몸에 닿기 직전에 공력을 거의 거두기 때문에 맞아도 죽지는 않는다. 다만 매일 맞다 보면 골병이 들 뿐이다.

그러나 사실 철장신개는 그냥 무턱대고 제자를 때리는 것이 아니다.

철장에 적당한 공력을 실어 삼풍호개의 전신 급소를 격타함으로써 근골을 강건하게 만들어주고 있는 것이다.

그리고 그 사실을 삼풍호개도 알고 있었다. 하지만 어쨌든 맞는다는 것은 아프고 싫은 것이다.

철장이 삼풍호개의 머리에 막 적중되려는 순간 철장신개는 자신의 눈앞에 무엇인가 아주 흐릿하면서도 검은 광채가 반짝이다가 사라지는 것을 발견했다.

삭!

그러고는 그와 동시에 풀잎이 바람에 스치는 듯한 소리가 미약하게 들렸다.

단지 그것뿐이다.

사람에게 이상하다는 생각이 들게 하려면 방금 그것보다는 좀 더 분명한 기척이어야만 한다.

평소 경계심이 많은 철장신개지만 방금 그 검은빛과 소리는 그저 주변에서 늘 일어나는 많은 현상 중에 하나 정도로만 여길 수밖에 없다.

후웅!

그런데 다음 순간 철장이 삼풍호개의 머리를 헛치고 말았다.

"……!"

그와 동시에 철장신개는 눈앞에서 벌어지고 있는 괴이한 광경을 발견했다.

철장이 삼풍호개의 머리를 헛치고 있었다. 그 이유는 철장의 길이가 짧아서 삼풍호개의 머리까지 못 미치기 때문이다.

왜냐하면 삼풍호개의 머리를 내려쳐 가고 있던 철장의 끝쪽 삼분의 일쯤이 깨끗하게 잘려 버린 것이다.

헛친 철장은 아래를 향하고 있으며, 잘려 나간 철장 끝 부분이 아직 허공에 떠 있는 상태다.

꿍!

잘려 나간 부분이 바닥에 묵직하게 떨어지는 소리가 철장신개에겐 아득하게 멀리서 들리는 것만 같았다.

그 짧은 순간에 그는 머릿속이 텅 비어 단 하나의 생각밖에는 들지 않았다.

자신보다 훨씬 고강한 고수가 암중에서 공격을 가하고 있다고 순간적으로 짐작한 것이다.

그것이 아니면 방금 눈앞에서 벌어진 상황을 달리 설명할 방법이 없다.

암습자의 첫 번째 공격이 빗나가서 철장을 자른 것이다. 그렇다면 곧 두 번째 공격이 이어질 터이다. 그것이 공격이나 암습의 기본이다.

생각이 거기에 미친 순간 철장신개는 다급히 몸을 날리는 것과 동시에 한 팔로 삼풍호개를 그러안고 바닥을 서너 바퀴나 구른 후에 벌떡 일어나 철장을 움켜쥐고 날카롭게 주위를 경계했다.

"사부님……."

"잠자코 있어라. 누군가 암습을 꾀하고 있다."

삼풍호개가 놀란 표정을 짓자 철장신개는 여전히 한 팔로 그를 안은 채 날카롭게 주위를 살피며 긴장된 목소리로 주의를 주었다.

삼풍호개는 사부의 철장 공격 때문에 고개를 숙이고 두 팔로 머리를 감싸고 있었으므로 어떻게 된 상황인지 알지 못하고 있었다.

그는 사부의 철장이 잘려 나간 사실을 뒤늦게 발견하고 어떻게 된 영문인지 즉시 알아차렸다.

삼풍호개 자신의 머리가 박살날 것이라고 생각한 태무악이 즉시 철장을 잘랐고, 사부는 그것을 누군가의 암습이라고 오해를 한 것이 분명했다.

그런데 사부는 그 위기의 순간에 삼풍호개를 구하려고 안고서 몸을 날렸다. 그 사실이 삼풍호개를 울컥 감동시켰다.

자신을 구해주려고 한 태무악과 사부 때문에 삼풍호개의 감동은 배가되었다.

철장신개는 예상한 두 번째 공격이 이어지지 않자 공력을 일으켜 주위의 소리를 감지했다. 그러나 아무런 소리도 들리지 않았다.

그때 삼풍호개가 태무악에게 물었다.

"자네가 사부님 철장을 잘랐나?"

철장신개는 무슨 귀신 씻나락 까먹는 소리냐는 듯 눈을 부라리다가 어이없는 표정을 지었다.

막 한 잔의 술을 입 안에 털어 넣은 태무악이 가볍게 고개를 끄덕이는 것을 발견한 것이다.

"무슨 헛소리를……."

철장신개는 지금이 어떤 상황인지도 모르는 채 깝죽거리는 태무악이 못마땅했다.

"네까짓 게 내 철장을……."

그는 엄한 표정으로 태무악을 꾸짖다가 갑자기 눈을 부릅떠야만 했다.

우뚝 앉아 있는 태무악이 오른손을 자신의 어깨로 가져가 칙칙한 검은색의 검을 잡는가 싶더니 그 순간 느닷없이 번쩍! 하고 흐릿한 흑광이 그의 어깨에서 뿜어지는 것을 발견했기 때문이다.

그것뿐이라면 철장신개를 이처럼 놀라게 만들지는 못할 것이다. 한데 그 흑광은 섬전 같은 속도로 그를 향해 쏘아오고 있지 않은가.

게다가 그 흑광은 조금 전에 철장이 잘라지기 직전에 철장신개가 목격한 것과 같았다.

'검기!'

놀란 철장신개는 흑광을 피하거나 막아야 한다고 순간적으로 생각했다.

팍!

그러나 그 생각은 실행으로 옮겨지지 못했다. 그전에 이미 흑광이 그의 몸 어딘가를 잘랐기 때문이다.

통증은 없다. 그러나 그는 검기에 의해 몸의 일부가 잘리거나 베이면 일시적으로 통증을 느끼지 못한다는 사실을 잘 알고 있었다.

그때 오른팔이 허전함을 느꼈다. 아마도 오른팔이 잘라진 것 같다고 생각했다.

꿍!

그런데 묵직한 것이 그의 발아래로 떨어졌다.

"……?"

팔이 잘라져서 떨어졌으면 그런 묵직한 음향이 날 리 없다.

힐끗, 재빨리 눈동자를 굴려 오른쪽 바닥을 굽어보았다.

어이없게도 자신의 오른발 옆 바닥에 철장이 두 뼘 길이로 뭉텅 잘라진 채 놓여 있는 것이 보였다. 양쪽 끝이 매끈하게 잘려진 모습이다.

그의 눈동자가 빠르게 자신의 오른팔로 향했다. 오른손에 쥐고 있는 철장은 원래 다섯 자 반 길이였는데 지금은 두 자만 남아서 손에 쥐어져 있었다.

그러니까 잘라진 것은 그의 팔이 아니라 철장이었다. 허전했던 이유는 철장이 잘려 나갔기 때문이었다.

철장신개는 지금 자신이 어떤 표정을 짓고 있는지조차 모르는 채 고개를 들어 태무악을 쳐다보았다.

태무악은 철장신개에겐 관심도 없다는 듯 느긋하게 술을 마시고 있었다.

갑자기 커다란 깨달음이 한겨울 엄동설한에 얼음물을 온몸에 뒤집어쓴 것처럼 철장신개를 휩쌌다.

처음에 철장을 자른 것이 태무악이라는 것.

그 사실을 철장신개가 믿지 못하니까 그것을 입증시키려고 두 번째 철장을 잘랐다는 것.

그리고 가장 큰 깨달음이 있다. 태무악이 신풍혈수가 맞다는 사실이다.

깨달음 뒤에는 극도의 긴장이 찾아들었다. 평소 경험이 풍부하고 임기응변에 능해서 구렁이라는 별명을 따로 얻은 그였으나 지금 이 순간은 풍부한 경험이나 능란한 임기응변은 아무짝에도 쓸모가 없었다. 머릿속이 텅 빈 것처럼 아무 생각도 나지 않았다.

'저자가 왜 나를?

거기까지 생각하다가 문득 삼풍호개가 자신을 데리고 왔다는 사실을 깨닫고 획 그를 쳐다보았다.

삼풍호개는 기다렸다는 듯이 정중한 자세와 표정, 목소리로 설명을 했다.

"사부님께서 요즘 많이 곤란하시다는 것을 알고 있습니다.

그래서 이 친구… 그러니까 신풍혈수하고 대화를 해보시면 뭔가 돌파구가 생길지도 모른다고 생각했습니다."

거두절미하고 본론을 축약한 설명이다.

철장신개는 눈을 껌뻑이며 삼풍호개의 말을 곱씹어 음미해 보았다.

분명히 그는 요즘 제정신이 아닐 정도로 지독한 고민에 시달리고 있었다.

황금 백만 냥을 마련하여 주작사자에게 바쳐야 하는 기한이 이틀 후로 바투 다가온 것도 고민거리지만, 그보다는 백호사자의 구파일방 동원령이 더 고민거리였다.

그것 때문에 철장신개는 체중이 줄고 머리카락이 빠지는가 하면 입술까지 검게 타들어갈 정도가 되었다.

그렇게 고민을 해서라도 해결책이 마련되면 덩실덩실 춤이라도 추겠건만, 생각을 하고 고민을 하면 할수록 더욱 깊은 늪속으로 빠져들 뿐 해결책은커녕 그 비슷한 것도 떠올라 주지 않았다.

철장신개뿐 아니라 개방의 세 명의 장로도 똑같은 고민으로 똑같은 고통을 받아 흉한 몰골이 되었다.

그 두 가지 고민, 아니, 백호사자의 동원령만이라도 해결된다면 철장신개는 악마와도 기꺼이 손을 잡을 준비가 되어 있는 절박한 심정이었다.

그는 차츰 평소의 침착함을 되찾기 시작했다.

느닷없이 신풍혈수를 만난 것과, 제자가 신풍혈수와 친구라는 사실이 놀랍기는 하지만 언제까지 놀라고 있을 수만은 없는 일이다.

지금 철장신개는 물에 빠져서 허우적거리다가 지푸라기라도 붙잡아야 할 상황이다.

악마하고도 거래를 할 각오인데, 상대가 신풍혈수라는 것이 무에 대수인가.

오히려 어렵사리 이런 자리를 마련해 준 제자가 기특하다는 생각이 들었다.

그 녀석도 사부가 고민하는 모습을 보다 못해서 제딴에 궁리 끝에 신풍혈수와의 만남을 주선했을 터이다.

대천색령의 표적이며 이미 천여 명이 넘는 인명을 죽인 살인마인 신풍혈수에게 풍전등화의 위기에 놓인 개방을 구해줄 방도가 있을 것이라고는 철장신개는 단 일 푼도 기대하지 않았다.

그는 크게 한차례 심호흡을 한 후 천천히 걸음을 옮겨 태무악의 맞은편에 앉았다. 그것은 과연 일파지존다운 의연한 모습이었다.

삼풍호개도 다가와서 사부 옆에 조심스럽게 앉은 후 공손히 말문을 열었다.

"사부님, 이 친구에게 현재 개방이 처한 상황과 사부님의 생각을 솔직하게 말씀해 주십시오."

그런 것쯤이야 백 번이라도, 아니, 입이 닳아 문드러질 때까지도 말할 수 있다.

철장신개는 입술이 타는 것을 느끼고 스스로 술을 한 잔 따라 단숨에 마시고는 이윽고 입을 열었다.

"제자의 친구라니까 말을 놓겠네."

이어서 그는 속에 있던 것들을 반 시진에 걸쳐서 차근차근 설명했다.

철장신개가 설명한 내용은 삼풍호개가 설명해 준 것과 별로 다를 것 없이 대동소이했다.

얘기를 하는 동안 철장신개는 마음이 많이 진정되었다. 그는 태무악을 똑바로 주시하며 요구했다.

"이제 자네 이야기를 해보게. 어째서 대천색령의 표적이 되었으며, 그토록 많은 사람들을 죽였는지를."

지금 상황에서 그런 것이 뭐가 중요할까마는, 태무악이 누구인지, 왜 대천색령의 표적이 되었는지를 먼저 알아야지만 대화가 원활할 것이라고 생각하는 철장신개다.

태무악은 가타부타 말없이 한동안 묵묵히 술만 마셨다.

그래서 좌중의 세 사람은 그가 철장신개의 요구를 묵살한 것이라고 생각했다.

그렇다고 해도 이상하게 생각하지 않았다. 신풍혈수라는 별호로 봤을 때 그는 충분히 그러고도 남을 만한 사람이니까.

"나는 십이 년 동안 무간자였소."

문득 태무악이 착 가라앉은 낮은 목소리로 입을 열었다.

그러자 철장신개의 얼굴에 더할 수 없는 놀라움이 가득 떠올랐다.

"자네가… 무간자였단 말인가?"

태무악은 고개를 끄덕였다.

"그렇소. 무간자를 알고 있소?"

철장신개는 무겁게 신음을 흘렸다.

"음! 오래전에 무간옥에 대한 정보를 입수한 적이 있었네. 그러나 그 당시에는 그것이 너무 엄청나고 막연한 내용이라서 선뜻 믿을 수가 없었네."

무간옥을 알고 있다니, 과연 그는 천하제일의 정보망을 갖춘 개방 방주다웠다.

"또한 누가 무엇 때문에 많은 소년 소녀들을 잡아다가 그토록 혹독하게 무공 연마를 시키는 것인지, 그리고 어느 곳에 위치해 있는지도 알아내지 못했네."

"그것을 어떻게 알게 되었소?"

태무악으로선 당연한 물음이다.

"십여 년 전, 하북성 북쪽 회유현(懷柔縣) 회유 분타의 제자들이 거리에서 우연히 한 명의 소년을 발견했었네.”

당시 그 소년은 십오륙 세의 나이였고, 만신창이 몰골에 온 몸이 상처투성이였으며, 극도로 지치고 허기진 피골이 상접한 모습이었다.

또한 겉모습만 사람일 뿐이지 얼굴 표정이나 살벌한 눈빛, 거친 행동은 짐승, 아니, 한 마리 상처 입은 맹수나 다름이 없을 정도였다.

그 정도 극심한 상처를 입었으면 보통사람이라면 이미 죽었을 것이지만 소년은 온몸에서 피를 흘리면서도 끄떡없이 거리를 걸어가 어느 만두집에 진열해 놓은 만두를 허겁지겁 집어먹었다.

당연히 만두가게 주인이 나와 소년에게 돈을 요구했으나 주인이 받은 것은 죽음이었다. 소년은 품속에서 예리한 쇠꼬챙이를 꺼내 번개 같은 수법으로 주인의 목에 구멍을 뚫어 즉사시켰다.

회유 분타 개방 제자들이 소년을 포위하여 제압하려고 했으나 소년이 거칠게 반격하여 결국 개방 제자 일곱 명을 희생시키고서야 그를 간신히 제압할 수 있었다.

그러나 만약 소년이 중상을 입지 않았더라면 개방 제자들은 결코 그를 제압하지 못했을 것이다.

이후 개방 제자들은 소년을 회유 분타로 끌고 가서 심문하여 몇 가지 사실들을 알아내기에 이르렀다.

소년은 아주 어린 시절부터 무간옥이라는 곳에서 짐승 같은 생활을 하면서 십삼 년 동안 혹독한 무공 연마와 살인 기술들을 배웠다는 것.

자신은 무간사십이호라는 신분이고, 무간옥에는 옥주인 한 명의 염제와 그 아래 두 명의 천지명관, 그리고 열 명의 아방나찰과 백 명의 적귀들이 자신들 백이십 명의 무간자들을 통솔하고 또 가르친다는 것.

그러나 무간옥이 어디에 위치해 있으며 무엇 때문에 자신들을 가두고 무공 연마를 시키는지는 알지 못한다는 것.

소년 무간사십이호는 훈련 중에 탈출하여 무작정 남쪽으로 죽을힘을 다해 도주하는 동안 몇 차례 적귀들에게 발각되어 싸우다가 상처를 입고 극적으로 도망쳤다는 것 등이었다.

설명을 묵묵히 듣고 있던 태무악은 마음의 동요를 느끼고 눈빛이 가볍게 일렁였다.

그것은 남의 이야기가 아니라 바로 그 자신의 이야기인 것이다.

철장신개가 덤덤하게 설명하고 있는 소년 무간사십이호는 다른 사람이 아니라 태무악 자신일 수도 있었던 것이다.

"그 소년… 무간사십이호는 어떻게 됐소?"

그렇게 묻는 태무악의 목소리가 메마른 논바닥처럼 쩍쩍 갈라졌다.

"회유 분타주는 무간사십이호를 심문한 내용을 전서구로 북경성 총타에 보내왔네. 그리고 그날 밤에 회유 분타는 원인 모를 괴멸을 당했네. 회유 분타 오십여 명은 단 한 명도 살아남지 못했으며, 무간사십이호는 연기처럼 사라져 버렸네."

철장신개는 착잡한 표정으로 말을 이었다.

"그때 우리는 무간사십이호를 추격해 온 적귀들이 회유 분타를 몰살시켰을 것이라고 결론을 내렸네. 그래서 즉시 회유현에 제자들을 대거 파견했으나 적귀든 무간사십이호든 아무도 발견하지 못했네. 그리고 십여 년이 흘러 그때 일은 모두의 기억에서 희미하게 사라져 가고 있었지."

철장신개는 놀라움이 일렁이는 얼굴로 태무악을 쳐다보았다.

"그런데 자네가 무간자였다니……. 놀라운 일이로군."

『대무신』 제7권 끝

共同傳人

공동전인

설경구 新무협 판타지 소설

마교를 재건하라.

혈마옥에 갇히며 마교 장로들의 공동전인이 된 사무진에게 주어진 과제.
역사상 가장 착한 마교의 교주.
하지만 역사상 가장 강한 마교의 교주가 되고 싶다.

고정관념을 버려요.

마교도라고 해서 꼭 나쁜 놈일 필요는 없잖아요.

지금까지와는 다른 마교.

이제 사무진이 만들어가는 새로운 마교가 모습을 드러낸다.

Book Publishing CHUNGEORAM

환희밀공

설봉 新무협 판타지 소설

무유칠덕(武有七德), 금폭(禁暴), 집병(戢兵), 보대(保大),
정공(定功), 안민(安民), 화중(和衆), 풍재(豊財), 자야(者也).
〈좌전(左傳), 선공 십이년(宣公 十二年)〉

무에는 일곱 가지 덕이 있다.
첫째, 난폭을 금지한다. 둘째, 무기를 거두어들인다. 셋째, 큰 나라를 보전한다.
넷째, 공적을 정한다. 다섯째, 백성을 편안하게 한다. 여섯째, 대중을 화합하게 한다.
일곱째, 물자를 풍부하게 한다.

섬서성(陝西省) 육반산(六盤山)에 신력(神力)을 바탕으로
패공(霸功)을 구사하는 가문(家門), 육반루가(六盤婁家).
세상에게 외면받고 멸시당하는 환희교(歡喜敎).
육반루가의 후손과 환희교 교주의 운명적인 만남.

"넌 환희교를 지키는 수문장(守門將)이 될 거야.
강하게, 아주 강하게 키워주마."
'아버지처럼 죽지 않을 거야. 아무도 날 죽일 수 없어.
세상에서 최고로 강한 사람이 될 거야.'

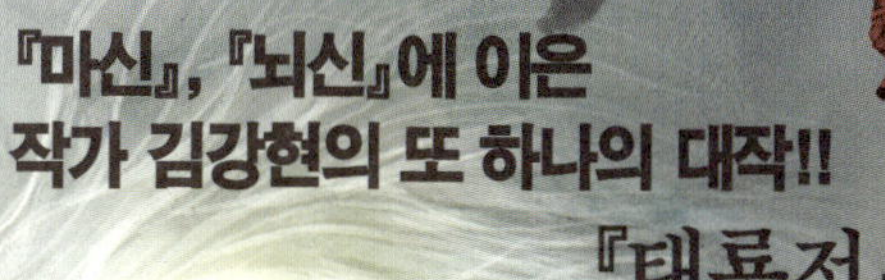

태룡전

김강현
新무협 판타지 소설

내가 이곳 미고현에 위치한 천망칠십오대에
온 지도 벌써 두 달이 넘었거든.
그런데 아직도 이해하지 못한 일이 하나 있어.
그게 뭐냐고? 우리 대주 말이야.
우리 대주님이 가장 좋아하는 게 뭔지 아나?
바로 침상에서 좌우로 데굴데굴 굴러다니는 거야.
그다음으로 좋아하는 게 그렇게 뒹굴다 잠드는 거고……
나려타곤(懶驢打滾)!
더도 덜도 아닌 딱 우리 대주님을 지칭하는 말일세.

천망칠십오대 대주 단유강!!
격동의 무림은 그에게 휴식을 허락하지 않는다.
단유강, 그의 일보가 천하를 떨쳐 울린다!

유행이 아닌 자유추구 -
WWW.chungeoram.com
Book Publishing CHUNGEORAM